Ochsen-Jobs

Michael Bäuerle

Buchbeschreibung

Willkommen in der gnadenlosen Realität der Arbeitswelt, in der die menschliche Würde oft unter dem Druck von Maschinen, Erwartungen und Ausbeutung zerbricht. Mit rauer Sprache und ungeschönten Bildern taucht Michael Bäuerle in seiner Kurzgeschichtensammlung Ochsen-Jobs tief in die Abgründe des Arbeitsalltags ein.

Ob es der resignierte Schlachthofarbeiter ist, dessen Routine ihn langsam auffrisst, die gescheiterte Trapezkünstlerin, die an den unsichtbaren Seilen der Gesellschaft hängt, oder die verzweifelte Suche nach Sinn jenseits von Asphalt und Blut – jede Geschichte ist ein Schlag in die Magengrube, eine Einladung, den Blick nicht abzuwenden, sondern hinzusehen.

Bäuerle nimmt seine Leser mit an Orte, die man lieber meiden würde, und zeigt dabei mit messerscharfem Sarkasmus und bitterem Humor, wie Arbeit nicht nur Existenzen, sondern auch Träume zerstören kann. Doch da, wo sich Dunkelheit breitmacht, blitzen auch Momente der Hoffnung auf – manchmal leise, manchmal mit der Wucht eines Bolzenschusses.

Ein literarischer Wachrüttler für alle, die glauben, dass Arbeit allein den Menschen adelt. Ochsen-Jobs ist unbequem, ehrlich und verstörend aktuell. Ein Buch, das bleibt – wie die Spuren, die es hinterlässt.

Über den Autor

Michael Bäuerle, geboren 1957
auf der Schwäbischen Alb,
inzwischen Wahldresdner,
ist Autor, Fotograf und Digital-Maler.

*Herzlichen Dank an Jacky
für Motivation und Inspiration!*

Ochsen-Jobs

Wie man sich mit Arbeit das Leben versaut

- Kurzgeschichten -

Michael Bäuerle

Michael Bäuerle
c/o COCENTER
Koppoldstr. 1
86551 Aichach

ISBN: 978-3-7693-5120-0
Imprint: Indipendently published

Verlag: BoD · Books on Demand GmbH,
In de Tarpen 42, 22848 Norderstedt,
bod@bod.de
Druck: Libri Plureos GmbH, Friedensallee 273,
22763 Hamburg

www.michael-baeuerle.com

1. Bolzenschuss und Bier

Karl stand in seiner kleinen, runtergekommenen Kabine. Offiziell hieß das „Betäubungsbereich", aber keiner mit mehr Hirn als 'ne Mettwurst nannte das so. Für Karl war das einfach die „Knallbude", sein persönlicher Abgrund, wo er seit 15 Jahren Kühe von „Muh" zu „Matsch" verarbeitete. Das Neonlicht flackerte wie ein epileptischer Rave, die Wände waren so dreckig, dass selbst 'ne Ratte sich hier schämte, und irgendwo tropfte 'ne Leitung vor sich hin, die wahrscheinlich schon beim Bau der Titanic im Arsch war.

Sein treues Bolzenschussgerät, ein richtiges Scheißding, lehnte an der Wand wie 'n alter Saufkumpel. Alle paar Minuten schlappt 'ne Kuh durch die Schleuse. Rind rein, Bolzen zack, Rind platt. „PENG!" – ein Soundtrack, der Karl inzwischen so vertraut war wie das Rülpsen nach 'm Feierabendbier.

Karl war mal jung. Unglaublich, oder? Aber damals, vor 15 Jahren, stand er mit 20 Frühlingsrollen auf dem Buckel, frisch vom Bauernhof, mitten im Schlachthof. Neben ihm: Dieter, ein wandelnder Kleiderschrank mit Achselhöhlen, die wahrscheinlich den Amazonas bewässern könnten.

„Na, Kleiner, haste Bock oder machste dir gleich in die Bux?" grunzte Dieter und drückte ihm das Bolzenschussgerät in die Hand. „Hier, fang mal an. Ist schwerer als dein Leben demnächst, sag ich dir."

„Äh, klar, kein Problem," log Karl und hielt das Ding so unbeholfen wie 'n Veganer ein Wurstbrot.

Dieter stapfte zur ersten Kuh. Das Vieh guckte, als wüsste es, dass der Spaß gleich vorbei war, aber sagen konnte es nix. Dieter zielt, zack, Bolzen rein, Kuh platt. „Siehste? Kein Drama. Jetzt du, Tiger."

Karl wurde blasser als 'ne Kreidewand, aber Dieter grinste nur wie 'n Straßenköter, der 'nen Knochen gefunden hat. „Keine Angst, die verklagen dich nicht."

Seitdem hat Karl mehr Kühe auf dem Gewissen als McDonald's Hamburger auf der Welt verkauft. Für ihn war das wie Zähneputzen: nervig, aber irgendwie nötig. Knall hier, Knall da, immer dasselbe.

Sein Kaugummi war längst tot, aber ausspucken? Wozu? Irgendwas in ihm sagte, dass das Ding zu ihm gehört wie die Scheiße zum Stall.

Mittagspause. Karl hockte mit den anderen im Pausenraum, der aussah, als hätte man 'ne Zeitreise ins Jahr 1982 gemacht – klapprige Stühle, Kaffeemaschine, die nach altem Motoröl schmeckte, und 'n Tisch mit mehr Brandflecken als 'ne Studentenbude. Der Geruch von Fett und Resignation hing schwer in der Luft.

„Sag mal, Karl," begann Lisa, die Neue, mit einer Stimme, die so frisch klang wie ein Salatblatt in einer Dönerbude, „geht dir das nicht nahe, die ganzen Tiere abzuknallen?"

Karl zog an seiner Fluppe, als wär's der letzte Halt vor dem Abgrund. „Nee. Warum sollte's? Die sterben so oder so. Ich bin nur schneller."

„Aber findest du das nicht... krass?" fragte sie, als hätte sie grad erfahren, dass der Weihnachtsmann nicht echt ist.

„Krass ist der Preis für 'n Liter Milch," grunzte Karl. „Mach deinen Job oder geh zurück zu den Möchtegern-Veganern, die Fleisch aus Kichererbsen schnitzen."

Mattes, der Neuzugang, mampfte in der Ecke sein Wurstbrot. „Karl hat recht. Ich denk auch nur noch an Bier."

Karl guckte ihn an wie 'ne Fliege auf 'm Butterbrot. „Du denkst an Bier, weil dein Hirn nix anderes kennt."

Zurück in der Knallbude zog sich die zweite Schicht wie ein alter Kaugummi, der irgendwo auf der Rückbank von 'nem Schrottauto festklebt. Karl ballerte weiter Kühe ab wie auf 'ner Kirmes, als Mattes plötzlich im Türrahmen stand.

„Ey, Karl, mach schneller. Die Rinder stapeln sich draußen!"

Karl drehte sich nicht mal um. „Wenn's dir nicht passt, greif dir das Teil und mach's selber, du Flachzange."

„Ach, komm, Alter. Wahrscheinlich Zeit für dich, in Rente zu gehen."

Karl drehte sich langsam um, das Bolzenschussgerät in der Hand. „Weißt du, Mattes, du solltest lernen, die Klappe zu halten, bevor ich dir zeig, wie präzise das Teil hier ist."

Am Abend saß Karl in seiner Stammkneipe, dem „Blauen Bock", 'ner Bierhöhle, die so versifft war, dass du danach deine Klamotten verbrennen konntest. Aber es war sein Zuhause. Der Tresen war sein Beichtstuhl, und der Wirt, Udo, ein Pastor mit 'ner Nase, die aussah, als hätte sie schon Kriege überlebt.

„Na, Karl, wie lief's?" rief Udo rüber, während er ein Glas polierte, das niemals sauber wurde.

„Wie immer," brummte Karl. „Kühe tot, ich leb noch. Prost."

Neben ihm ließ sich Ralle, der größte Depp im Umkreis von 50 Kilometern, auf den Hocker plumpsen. „Ey, Karl, warum machste nicht mal Urlaub?"

Karl nahm einen tiefen Schluck Bier. „Weil ich mir von dir keine Lebensratschläge holen will, du Pfosten."

Wochen später stand Karl auf der alten Brücke, eine Fluppe zwischen den Fingern, die kaum noch Glut hatte. Der Himmel war grau, das Wasser darunter noch grauer, ein zäher Brei aus Dreck und Schaum, der genauso abgestorben wirkte wie Karls Blick. Der Wind zerrte an seiner abgewetzten Jacke, aber er ließ es geschehen. Was machte das schon? Ein bisschen Kälte würde ihn nicht mehr umbringen. Seine Gedanken rollten durch seinen Schädel wie rostige Kugellager, quietschend und nutzlos.

„Was zum Teufel mach ich hier noch?" murmelte er in die Nacht, kaum lauter als das Rauschen des Flusses. Seit Jahren schleppte er sich durch dieselbe

Routine: Rind rein, Bolzen rein, Bier rein. Und jetzt? Was blieb? Ein Konto, so leer wie seine Zukunft, ein Kopf voller toter Kühe, und eine Welt, die ihn nicht mal ignorierte.

„Karl!" Eine Stimme riss ihn aus seinen Gedanken. Natürlich Mattes. Der Idiot hatte den Instinkt einer lästigen Fliege, immer dann aufzutauchen, wenn keiner ihn brauchte. „Karl, was machst du da, Mann? Willste echt springen, oder spielste nur den großen Dramatischen?"

Karl drehte sich langsam um, seine Augen glitzerten kalt im fahlen Licht. „Was zum Fick willst du hier, Mattes? Soll ich springen, damit du endlich deinen großen Moment hast? Der neue Held vom Schlachthof, der den alten Penner abgelöst hat?"

Mattes kam näher, die Hände in die Taschen seiner viel zu neuen, viel zu sauberen Jacke vergraben. „Alter, reiß dich zusammen. Du bist vielleicht 'n Arschloch, aber niemand will, dass du dir die Lichter ausknipst. Nicht mal ich."

Karl lachte, kurz und bitter, wie ein Messer, das über Stein kratzt. „Nicht mal du, ja? Wow, das wärmt mein Herz, Mattes. Echt. Weißte, was dein Problem ist? Du hast nie irgendwas begriffen. Nicht die Arbeit, nicht die Leute, nicht mal dich selbst. Du bist nur 'ne Scheißattrappe von 'nem Menschen."

„Na, danke, Karl," konterte Mattes, die Stimme zischend vor Wut. „Weißte, was DEIN Problem ist? Du bist nur noch Wut, Kippen, Bier und Schnaps. Du meckerst über alles und jeden, aber an deinem beschissenen Leben änderst du nix. Und jetzt stehst du hier und machst auf Mitleid. Ehrlich, du kotzt mich an."

Karl machte einen Schritt nach vorn, direkt auf Mattes zu. Sein Gesicht war eine Maske aus Zorn und Schmerz. „Mitleid? Du kleiner Wichser! Ich brauch kein Mitleid. Was ich brauch, ist, dass Leute wie du die Fresse halten und aus meinem Leben verschwinden. Du hast keine Ahnung, was das heißt, seit 15 Jahren denselben Scheiß zu machen, jeden Tag das Blut und den Gestank zu ertragen. Aber klar, Mattes, komm her und erzähl mir, wie ich mich fühlen soll!"

„Dann spring doch, Karl!" brüllte Mattes jetzt, die Hände aus den Taschen und mit geballten Fäusten. „Spring, wenn das alles ist, was du drauf hast! Aber gib nicht mir die Schuld für deine Scheißentscheidungen, du elender Feigling!"

Stille. Nur der Wind und das leise Rauschen des Wassers.

Karl schüttelte den Kopf und lachte wieder. Diesmal war es fast sanft, aber ohne Freude. „Weißte, Mattes, ich hab gedacht, ich könnt dich nicht noch weniger leiden. Aber hey, Glückwunsch. Du hast's geschafft."

Er drehte sich wieder zum Fluss, zog einen letzten, tiefen Zug von seiner Zigarette und warf sie ins Wasser. „Vielleicht hast du recht. Vielleicht bin ich ein Feigling. Aber was soll's? Manche von uns sind einfach nicht fürs Gewinnen gemacht."

Bevor Mattes reagieren konnte, ließ Karl sich fallen. Ein dumpfes „Platsch" drang aus der Dunkelheit, dann nichts mehr. Kein Schreien, keine dramatischen Wellen. Nur das monotone Fließen des Flusses.

Mattes starrte auf die Stelle, wo Karl verschwunden war, unfähig, sich zu bewegen. Minuten vergingen, oder waren es Stunden? Irgendwann schleppte er sich weg, die Füße schwer wie Blei.

Im „Blauen Bock" brannte ein einsames Teelicht auf Karls Stammplatz. Udo stand hinter dem Tresen und polierte das gleiche verdreckte Glas wie immer, obwohl ihm die Hände zitterten. „Karl... der war wie 'n alter Aschenbecher. Immer da, immer voll, irgendwann kippt er um."

Mattes saß daneben, stumm und mit gesenktem Kopf. „Ich hätt was machen sollen," murmelte er schließlich. „Ich hätt ihm helfen sollen. Aber... mal ehrlich? Ich glaub, der war schon lange weg, bevor er gesprungen ist."

Udo nickte langsam, seine Augen müde. „Manche Leute kannst du nicht retten, Mattes. Die sind schon so kaputt, dass sie's selber nicht mal merken. Und wenn sie's merken, ist's zu spät."

Der Alltag ging weiter. Der Schlachthof lief wie geschmiert, die Kühe starben weiter, und der „Blaue Bock" blieb so klebrig wie eh und je. Aber für die wenigen, die Karl kannten, war die Welt ein kleines Stück dunkler geworden. Ein Mann, der jahrelang im Schatten gelebt hatte, war jetzt endgültig verschwunden.

2. Vom Blut zum Bitumen

Mattes hockte auf der Betontreppe hinter der Kantine, seine Hände stanken immer noch nach altem Fett und kaltem Blut, obwohl er geschrubbt hatte, bis die Haut brannte. „Das war's,“ murmelte er, während er eine Kippe anzündete. Der Gestank aus der Metzgerei – Eisen, Gummi, Tod – hatte sich in seine Poren gefressen. Acht Jahre Schlachthof, und jeder beschissene Tag war schlimmer als der davor.

Er zog an seiner Kippe, spuckte aus und starrte auf die Zeitungsanzeige, die er rausgerissen hatte: „Straßenbau sucht Männer – gutes Geld, feste Anstellung, echte Männerarbeit!“ Er lachte trocken.

Echte Männerarbeit. Klar. Hauptsache keine Schweine mehr. Keine Schreie. Kein Gestank.

Zwei Wochen später stand er auf einer endlosen Baustelle irgendwo bei Gelsenkirchen, in einer Neonweste, einem abgewetzten Helm und der Sonne, die ihm den Schädel kochte. 35 Grad im Schatten, aber Schatten gab's nicht. Nur flimmernden Asphalt und Maschinen, die röhrten, als hätten sie schlechte Laune.

„Willkommen in der Hölle, Neuer!" brüllte einer, breit wie ein Schrank, tätowierte Arme, ein Gesicht wie 100 Jahre schlechte Nachrichten. „Ich bin Horst. Und wenn du hier weiter so rumstehst, schmeiß ich dich ins nächste Loch, kapiert?"

Mattes zuckte mit den Schultern. „Alles klar, Chef. Wo soll ich anfangen?"

Horst zeigte auf eine Maschine, die schwarzen Teer kotzte, während ein Typ – halb Mensch, halb Bierfass – mit einer Walze die Suppe plattdrückte. „Da hinten bei Erkan. Der zeigt dir, wie's läuft."

Erkan war ein Viech von einem Mann, Glatze, der Mund voller Flüche, die er in drei Sprachen raushaute. „Hey, Alter," rief er, als Mattes ankam, „nimm die Schaufel und verteile den Mist. Aber nicht trödeln, sonst schmilzt die Scheiße."

Mattes nickte. Er hatte keinen Plan, aber was sollte schon schiefgehen? Nach fünf Minuten schwitzte er, als hätte ihn jemand in die Sauna gesperrt. Der Teer dampfte unter seinen Stiefeln, sein Rücken schrie nach einer Pause, aber Erkan hatte die Gnade eines Folterknechts.

„Du schwitzt ja wie meine Oma beim Strip-Poker," meinte Erkan grinsend. „Was hast du vorher gemacht? Sekretär?"

„Schlachthof," knurrte Mattes und warf ihm einen Blick zu, der Bände sprach.

„Passt," lachte Erkan. „Von Schweinen zu Schweinearbeit. Willkommen im Club!"

Abends, als Mattes nach Hause kam, stank er nach Teer, Schweiß und Frust. Kaum hatte er die Tür aufgemacht, ging's los. Kinder brüllten, seine Frau Susi motzte.

„Wo warst du so lange?" schrie sie aus der Küche. „Der Müll steht immer noch da, und Mia hat den ganzen Tag geschrien!"

„Ich hab gearbeitet!" brüllte er zurück, aber sein Gebrüll ging im Chaos unter. Leon, sein Ältester, warf ein Plastikauto durch den Raum, Mia lag auf dem Boden und drehte durch wie ein kaputtes Spielzeug.

„Und du stinkst," fügte Susi hinzu, die Hände in die Hüften gestemmt.

„Ach komm, Susi," knurrte Mattes, „ich schufte mir den Arsch ab, und du machst mir auch noch die Hölle heiß?"

„Die Hölle heiß?" fauchte sie. „Du hast keine Ahnung, was hier los ist, während du dich draußen bräunst!"

Er wollte was sagen, ließ es aber. Stattdessen knallte er die Badezimmertür zu und ließ kaltes Wasser über sein Gesicht laufen. Im Spiegel sah er sich an: ein Mann, müde wie der Tod, mit Augen, so leer wie die Baustelle, auf der er stand.

„Vielleicht hätt ich im Schlachthof bleiben sollen," murmelte er.

Der Wecker klingelte um 5:30 Uhr. Neuer Tag, neuer Mist.

Horst wartete schon mit einem Grinsen und einem Kaffee. „Na, Neuer? Wie war der erste Tag?"

„Scheiße," sagte Mattes und zog an seiner Kippe.

„Richtig geraten," lachte Horst. „Aber hey, so ist das Leben. Wenn's einfach wäre, wär's langweilig."

Mattes lachte nicht. Er nahm die Schaufel und wartete auf den nächsten endlosen Tag.

Erkan war in Bestform. „Ey, Mattes! Wenn du weiter so schleichst, grab ich dich ein und asphaltier dich mit."

Mattes funkelte ihn an. „Halt die Fresse, Erkan. Mach deinen Mist alleine, wenn du so'n Profi bist."

„Was hast du gesagt?" Erkan stand jetzt vor ihm, sein Atem stank nach Knoblauch und Testosteron.

„Jungs, Schnauze!" brüllte Horst. „Wir sind hier nicht im Kindergarten!"

Mattes ballte die Fäuste, ließ es aber gut sein. Noch ein Tag im Dreck. Noch eine Nacht im Chaos.

Als er abends ein Bier aus dem Kühlschrank holte, fing Susi wieder an. „Mattes, der Müll steht immer noch..."

„Halt's Maul, Susi!" brüllte er und knallte die Flasche auf den Tisch. Das Glas splitterte, die Kinder starrten ihn an.

„Du hast doch keinen Bock mehr auf uns," flüsterte sie.

Er sagte nichts. Am nächsten Morgen war er weg.

Norwegen. Ein Fischerboot. Kalte Luft, harte Arbeit. Kein Schwein, kein Bitumen, keine Susi. Und doch war Mattes immer noch Mattes. Immer noch im Arsch.

Mattes wusste nicht, ob das ein Fortschritt war oder einfach nur ein anderes Loch, in das er gefallen war. Das Fischerboot war klein, schäbig, und die Crew sah aus wie ein Haufen versoffener Bären. Aber die See war ehrlich. Sie schlug dir ins Gesicht, sie versuchte, dich umzubringen, aber sie log nicht.

Benno, sein alter Schulfreund, war der einzige, den er kannte. „Na, Mattes, willkommen im Nirgendwo. Bereit, nach Fisch zu stinken?“

„Klar,“ murmelte Mattes und zog an einer Zigarette, die er in der salzigen Brise kaum anbekam.

Die erste Woche war die Hölle. Der Wind biss, die Arbeit war ein Kraftakt, und der Fischgeruch kroch ihm in die Klamotten wie eine Ratte in ein Loch. Jede Nacht fiel er wie ein Stein in seine Hängematte, die sich in der schwankenden Kabine anfühlte, als würde er in einem Mixer schlafen.

„Das ist nix für Memmen,“ knurrte der Kapitän, ein bärbeißiger Typ mit einer Pfeife im Mund. „Wenn du kotzen musst, kotz über Bord, aber hör nicht auf zu arbeiten.“

Mattes kotzte. Zwei Tage lang. Dann kotzte er nicht mehr. Und langsam wurde der Rhythmus der See zu etwas, das er ertragen konnte. Vielleicht sogar mochte.

Nachts saßen sie oft auf der Reling. Benno, der Kapitän, ein paar andere. Sie redeten nicht viel. Nur das Motorengeräusch, das Kreischen der Möwen und das ewige, graue Wasser.

„Besser als Schweine töten?“ fragte Benno einmal.

Mattes zog an seiner Kippe. „Ja. Aber das heißt nicht viel.“

Die See schlug zurück. Ein Sturm kam auf, so stark, dass selbst die erfahrenen Männer an Bord blass wurden. Mattes hielt sich an einem Seil fest, während die Wellen das Boot wie eine Nussschale hin und her warfen. Benno rutschte aus und wäre fast über Bord gegangen, hätte Mattes ihn nicht im letzten Moment gepackt.

„Scheiß Leben," keuchte Benno, als der Sturm endlich nachließ.

„Immer," murmelte Mattes.

Die Wochen vergingen. Die See wurde vertraut, der Fischgeruch normal, die Männer an Bord fast so etwas wie Freunde. Aber in den langen Nächten, wenn das Boot still auf dem Wasser lag, dachte Mattes an Susi. An die Kinder. An den Mist, den er hinterlassen hatte.

Eines Abends, nach einem besonders anstrengenden Fang, holte Mattes sein Handy raus. Es hatte wochenlang im Spind gelegen, und er wusste nicht, ob er überhaupt Empfang hatte. Doch die Leiste füllte sich langsam mit Balken.

Er wählte Susis Nummer.

„Mattes?" Ihre Stimme war kühl, aber nicht feindselig.

„Ja," sagte er. „Ich wollte hören, wie's euch geht."

„Uns? Es geht uns... gut." Die Pause war schwer. „Warum rufst du an?"

„Weil ich's besser machen will. Irgendwann. Wenn ihr mich lasst."

Stille. Dann ein leises Seufzen. „Die Kinder vermissen dich. Ich... weiß nicht, Mattes. Vielleicht. Aber nicht jetzt."

„Vielleicht reicht," sagte er und legte auf.

Die nächsten Wochen arbeitete er härter als je zuvor. Er wusste, dass er zurückmusste – nicht wegen Susi, sondern wegen den Kindern. Wegen sich selbst.

Als er schließlich in Deutschland landete, war er nervös wie ein Schuljunge. Er stand vor der Wohnungstür, atmete tief durch und klopfte.

Susi öffnete. Ihr Gesicht war eine Mischung aus Wut, Skepsis und einem kleinen Funken Hoffnung.

„Du bist zurück," sagte sie, als wäre das eine Tatsache, kein Gefühl.

„Ja," antwortete Mattes. „Bin ich."

Die Kinder kamen aus ihren Zimmern gestürmt. Leon umarmte ihn, Mia hielt sich schüchtern zurück. „Papa?" fragte Leon.

„Ja, Junge. Ich bleibe," sagte Mattes.

Susi verschränkte die Arme. „Wenn du bleibst, Mattes, dann richtig. Kein Chaos mehr, keine Ausreden."

„Kein Chaos mehr," versprach er.

Das Leben ging weiter, holprig, voller kleiner Kämpfe. Mattes fand Arbeit auf einer Baustelle. Jeden Abend brachte er den Müll raus, half bei den Hausaufgaben und brachte Mia ins Bett.

Und auch wenn es manchmal schwer war, wusste er, dass er hierher gehörte.

Egal, ob der Tag nach Fisch, Teer oder Blut roch – am Ende warteten seine Familie und eine kalte Flasche Bier auf ihn. Und das war alles, was zählte.

Die Zeit verging, und Mattes lernte, die kleinen Siege zu schätzen. Er war nicht der Typ für große Gesten oder sentimentales Gequatsche, aber er merkte, dass er langsam wieder festen Boden unter den Füßen hatte.

Seine Tage auf der Baustelle waren genauso anstrengend wie früher, aber sie fühlten sich anders an. Der Lärm, der Dreck, die endlosen Reihen von Pflastersteinen – das alles war jetzt Routine. Kein Horst, kein Erkan, der ihm ans Bein pinkelte, sondern eine ehrliche Arbeit, die ihn nachts müde ins Bett fallen ließ.

Zuhause war's nicht einfacher. Susi war immer noch skeptisch, und die Kinder hatten Phasen, in denen sie nicht wussten, wie sie mit ihm umgehen sollten. Aber Mattes blieb dran. Er nahm Leon mit zum Fußball, half Mia beim Lego-Bauen, und wenn der Kleinste abends aus seinem Bett gekrabbelt kam, um sich auf seinen Schoß zu setzen, fühlte sich das an wie ein verdammtes Wunder.

„Mattes," sagte Susi eines Abends, als sie zusammen auf der Couch saßen – das erste Mal seit Monaten, dass sie sich nicht angeschrien hatten –, „ich dachte wirklich, du wärst weg. So richtig weg. Aber irgendwie bist du zurückgekommen. Warum?"

Er nahm einen Schluck Bier und dachte nach. „Weil ich's nicht nochmal verkacken will," sagte er schließlich.

Sie lachte, leise, und das war genug.

Doch das Leben hatte natürlich noch ein paar Prügel für ihn übrig. Auf der Baustelle lief's gut, bis der neue Vorarbeiter kam – ein kleiner Typ mit einer großen Klappe, der alle wie Scheiße behandelte. Mattes hatte sich geschworen, sich nicht mehr mit jedem anzulegen, aber irgendwann platzte ihm der Kragen.

„Ey, Mattes," sagte der Vorarbeiter eines Morgens, „willst du den ganzen Tag auf der Schaufel schlafen, oder arbeitest du auch mal?"

„Ich arbeite," knurrte Mattes, „aber ich mach nicht deinen Dreck, während du da hinten rauchst und Sprüche klopfst."

Der Vorarbeiter, Typ Napoleon-Komplex, baute sich vor ihm auf. „Noch ein Wort, Alter, und du bist weg.“

Mattes war kurz davor, dem Typen zu zeigen, wie schnell er „weg“ sein konnte, aber dann dachte er an die Kinder, an Susi, an die Miete, die jeden Monat fällig war.

„Alles klar, Chef,“ murmelte er und ging zurück zur Arbeit. Es fühlte sich an, als hätte er einen Teil von sich selbst aufgegeben, aber er wusste, dass er diesmal das Richtige tat.

Abends erzählte er Susi davon.

„Das klingt gar nicht nach dir,“ sagte sie.

„Vielleicht bin ich ja dabei, ein anderer zu werden,“ meinte er, und das war das Ehrlichste, was er seit langem gesagt hatte.

Die Wochen wurden Monate. Mattes wurde wieder ein fester Teil des Hauses – mit all seinen Macken, seinen Flüchen und seinem schlechten Humor. Die Kinder gewöhnten sich an ihn, Susi lachte wieder öfter, und sogar der Müll wurde regelmäßig rausgebracht.

Manchmal dachte er an Norwegen, an die See, an das endlose Grau. Aber dann sah er Leons Lachen oder hörte Mias wilde Geschichten von der Kita, und er wusste, dass er die richtige Entscheidung getroffen hatte.

Eines Abends, als die Kinder schliefen und er mit Susi auf der Couch saß, holte sie eine Flasche Wein aus der Küche.

„Was ist das?" fragte Mattes misstrauisch.

„Ein Date," sagte sie und goss ein. „Das letzte hatten wir, bevor du weg warst. Ich dachte, es wird Zeit."

Mattes grinste, schief, aber echt. „Ein Date, ja? Wird's danach auch heiß?"

Sie verdrehte die Augen, aber ihr Lächeln sagte alles.

Es war kein perfektes Leben, aber es war seins. Und Mattes, der Typ, der früher immer weggelaufen war, hatte endlich gelernt, dass man manchmal bleiben muss, auch wenn's weh tut.

Und an einem stinknormalen Dienstag, als er den Müll rausbrachte und der Abendhimmel rot leuchtete, dachte er: Scheiß drauf, vielleicht bin ich doch angekommen.

Mattes blieb stehen, der Müllsack baumelte in seiner Hand, während er in den Abendhimmel starrte. Die warme Farbe des Sonnenuntergangs erinnerte ihn an irgendwas, etwas Altes, das er längst vergessen hatte. Vielleicht an einen dieser seltenen Tage in seiner Kindheit, als sein Vater ausnahmsweise mal nüchtern war und mit ihm angeln ging. Oder an den ersten Abend mit Susi, als sie beide zu viel getrunken hatten und auf einer Parkbank über die dämlichsten Namen für Kinder lachten.

Er zog die Nase hoch und spuckte aus, ein Reflex, den er nicht los wurde. Aber dann grinste er. Der Himmel war schön, ja. Nicht so schön wie Susi, wenn sie lächelte, aber fast.

Zurück in der Wohnung herrschte ein angenehmes Chaos. Leon baute irgendwas mit Lego und redete ununterbrochen auf Mia ein, die ihn mit einer Mischung aus Bewunderung und genervter Skepsis ansah. Der Kleinste, der meistens einfach nur „die Maus" genannt wurde, lag auf dem Teppich und brabbelte irgendwas Unverständliches, während er sich einen Stoffhasen ins Gesicht drückte.

Susi stand in der Küche, die Haare zerzaust, eine alte Jogginghose an, aber trotzdem schön. Nicht das hübsch-gemachte Schön aus der Werbung, sondern das echte, das man nur sieht, wenn man jemanden wirklich kennt.

„Essen ist gleich fertig," rief sie über die Schulter, ohne aufzusehen.

„Was gibt's?" fragte Mattes, während er seine Jacke an den Haken warf.

„Spaghetti. Und nein, du kriegst kein extra Fleisch, nur weil du so tust, als wärst du der große Arbeiter.“

Mattes lachte leise und setzte sich an den Küchentisch. „Ich bin nicht der große Arbeiter, Susi. Ich bin nur der Typ, der den Müll rausbringt.“

Sie drehte sich um, einen Kochlöffel in der Hand, und warf ihm einen skeptischen Blick zu. „Ach ja? Und was noch?“

„Der Typ, der den Müll rausbringt, den Kinderwagen repariert und den Bierkasten trägt.“

„Und?“

„Der Typ, der dich liebt, auch wenn du manchmal nervst.“

Susi lächelte, und dieses Lächeln war besser als jede Entschuldigung, die er je formuliert hatte.

Das Leben war nicht perfekt, aber es war gut. Mattes war immer noch Mattes – ein bisschen zu laut, ein bisschen zu rau, mit Händen, die nach Teer und Arbeit rochen. Aber er war auch jemand geworden, der wusste, wie wichtig es war, da zu sein. Nicht nur körperlich, sondern wirklich da zu sein.

Es war ein stinknormaler Dienstagabend, als Mattes beschloss, endlich mal den Keller aufzuräumen. Nicht, weil er Lust dazu hatte, sondern weil Susi ihn seit Tagen damit nervte. „Mach's heute, Mattes, sonst knall ich dir eine!“

hatte sie gesagt, und er wusste, dass sie es ernst meinte.

Er stapfte mit einer Taschenlampe bewaffnet hinunter und begann, alte Kisten durchzuwühlen. In einer Ecke fand er schließlich eine Tasche, die ihm fremd vorkam. Neugierig öffnete er sie – und stieß auf Männerkleidung. Eine Lederjacke, ein Paar Stiefel, und obendrauf lag ein Rasiermesser, das definitiv nicht ihm gehörte.

„Was zur Hölle?" murmelte Mattes, während ihm die Schärfe der Situation langsam bewusst wurde. Sein Puls begann zu rasen.

Er schleppte die Tasche nach oben und knallte sie mitten ins Wohnzimmer. Susi, die gerade mit Mia beschäftigt war, blickte auf und verzog das Gesicht. „Was machst du denn jetzt schon wieder für eine Szene?"

„Szene?" Mattes' Stimme war ein tiefes Grollen. „Ich hab das hier im Keller gefunden. Erklär mir mal, was das ist, Susi!"

Sie wurde blass, versuchte aber, sich nichts anmerken zu lassen. „Ach, das... das gehört... das ist von einem Freund. Der hat's hier vergessen."

„Ein Freund?" Mattes lachte kalt, obwohl ihm die Wut fast die Kehle zuschnürte. „Ein Freund, ja? Seit wann hast du Freunde, die Klamotten bei uns bunkern? Soll ich raten, wie lange das schon läuft?"

„Reg dich ab, Mattes!" fauchte Susi und stemmte die Hände in die Hüften. „Du bist gerade erst zurück, und jetzt machst du schon wieder auf Obermacho! Glaubst du, du kannst hier einfach alles kontrollieren?"

„Kontrollieren?" brüllte Mattes, während er die Tasche auf den Boden warf, sodass der Inhalt sich verstreute. „Das hier ist kein verdammter Zufall, Susi! Willst du mir erzählen, dass ich mir das einbilde? Wer ist es? Sprich endlich, verdammt!"

„Und was, wenn es jemand gibt?" schoss Susi zurück, jetzt mit Tränen in den Augen, aber die Wut war nicht weniger. „Was erwartest du, Mattes? Du bist abgehauen! Monatelang weg, und ich saß hier mit drei Kindern und deinem ganzen Chaos. Irgendwann... irgendwann war ich es einfach leid!"

Mattes' Kiefer mahlte. „Wie lange?" fragte er schließlich, seine Stimme gefährlich ruhig. „Wie lange, Susi?"

„Ein paar Monate," murmelte sie, kaum hörbar. Doch dann, als sie seinen Blick sah, hob sie das Kinn. „Sechs Monate, wenn du's genau wissen willst."

„Sechs Monate? Sechs verdammte Monate!" schrie Mattes. „Während ich da draußen auf einem scheiß Boot fast ertrunken bin, hast du hier mit einem anderen rumgemacht? Wer ist der Wichser?"

„Es geht dich nichts an," schnappte Susi, aber Mattes war wie ein wildes Tier. „Es geht mich nichts an? Ich wohne hier, das sind meine Kinder, verdammt nochmal! Wenn du so mutig bist, mich zu betrügen, dann sei auch mutig genug, mir den Namen zu sagen!"

„Es ist Jens," platzte Susi schließlich heraus. „Ein Kollege aus der Buchhaltung. Und weißt du was? Er war wenigstens für mich da, als du dich aus dem Staub gemacht hast!"

„Jens aus der Buchhaltung?" Mattes' Augen weiteten sich vor blankem Entsetzen und Hohn. „Ein verdammter Buchhalter, Susi? Wirklich? Hat er dir Excel-Tabellen mit Liebesgedichten geschickt, oder was?"

„Halt deine Klappe!" schrie sie. „Jens hat mich nicht behandelt wie irgendeine Putzfrau, die nur da ist, um deinen Dreck wegzuräumen!"

Mattes war kurz davor, irgendwas zu zerstören, aber er ballte die Fäuste und wandte sich ab. „Du hast einen Buchhalter gewählt, Susi. Einen verdammten Buchhalter. Kein Wunder, dass ich weg musste. Ich schwör's dir, ich... ich..."

„Du was?" Susi trat näher und starrte ihn an, die Tränen liefen jetzt in Strömen. „Du bist kein bisschen besser, Mattes. Du bist nur wütend, weil du endlich bemerkt hast, dass sich nicht alles nur um dich dreht!“

„Mama? Papa?“ Leon stand plötzlich im Türrahmen und blickte die beiden mit großen Augen an. „Warum schreit ihr wieder?“

Sofort verstummten beide. Susi wischte sich die Tränen weg, während Mattes schwer atmend die Hände auf die Knie stützte. „Geh ins Bett, Junge,“ sagte er leise, ohne Leon anzusehen.

„Aber ihr seid so laut,“ beharrte Leon. „Habt ihr euch nicht wieder lieb?“

„Leon,“ sagte Susi jetzt, ihre Stimme zitterte, „bitte. Geh einfach.“

Der Junge verschwand, und die Tür fiel ins Schloss. Doch die Worte hingen in der Luft wie Gift. Mattes schüttelte den Kopf. „Weißt du was, Susi? Das hier... das ist kaputt. Du, ich, alles. Ich hätte es wissen müssen.“

„Ja, Mattes,“ sagte sie bitter. „Das hättest du.“

Mattes schlief die Nacht auf der Couch, obwohl er kaum ein Auge zubekam. Am nächsten Morgen packte er seine Sachen, ohne ein Wort zu sagen. Susi saß am Küchentisch, die Augen rot und leer. Sie sagte nichts, als er die Tür hinter sich zuzog.

Draußen lehnte er sich gegen das Geländer des Treppenhauses und atmete schwer. Jens aus der

Buchhaltung. Das konnte nicht wahr sein. Aber es war wahr. Und jetzt?

Sein Handy vibrierte in der Tasche. Es war Benno.

„Mattes, was geht? Kommst du zurück aufs Boot, oder was? Der Alte fragt schon.“

Mattes blickte auf die Straße, die sich vor ihm erstreckte, so weit wie sein Leben sich jetzt anfühlte – voller Möglichkeiten, aber ohne klares Ziel.

„Vielleicht, Benno,“ sagte er schließlich. „Vielleicht.“

Mattes schlenderte durch die Straßen, die Tasche über der Schulter und den Kopf voller dunkler Gedanken. Es war kalt, aber die Wut in seiner Brust hielt ihn warm. Susi hatte ihn betrogen. Mit einem Typen aus der Buchhaltung. Ein Buchhalter! Allein die Vorstellung brachte ihn dazu, die Zähne so fest zusammenzubeißen, dass sein Kiefer knackte.

Er zog an seiner Zigarette und spuckte den Rauch aus. „Jens,“ murmelte er. „Was für ein Name für einen Wichser.“

Er hatte keinen Plan, wohin er gehen sollte. Zurück aufs Boot? Nein, das fühlte sich jetzt falsch an. Er musste das hier klären. Er musste aus Susi die Wahrheit rausprügeln, wenn nötig. Und dann würde er Jens zur Rede stellen. Der Typ musste wissen, dass er sich mit der falschen Familie angelegt hatte.

Als Mattes spätabends vor der Wohnung stand, brannte noch Licht. Er lauschte und hörte Gelächter. Männergelächter. Seine Hand ballte sich zur Faust, und er klopfte, nein, hämmerte gegen die Tür.

Susi öffnete, sichtlich überrascht, und ihre Augen wurden groß. „Mattes? Was willst du hier?"

„Was ich will?" knurrte er und schob sich an ihr vorbei in die Wohnung. „Ich will wissen, warum der verdammte Buchhalter bei dir ist!"

Im Wohnzimmer saß Jens auf der Couch, ein Bier in der Hand und ein Gesichtsausdruck, der irgendwo zwischen Angst und peinlicher Verlegenheit schwankte. „Oh, äh... hallo," stammelte Jens.

„Halt die Fresse!" brüllte Mattes und zeigte mit dem Finger auf ihn. „Du hast meine Familie zerstört, du kleiner, jämmerlicher... Excel-Ritter!"

„Mattes, hör auf," sagte Susi, stellte sich zwischen ihn und Jens und legte eine Hand auf seine Brust. „Das führt zu nichts."

„Zu nichts?" Mattes schob sie beiseite, ohne sie anzusehen. „Das führt zu was, Susi. Und zwar dazu, dass der Kerl endlich merkt, dass er sich in die falsche Ehe eingemischt hat."

Jens stellte das Bier ab und stand auf. „Hör mal, Mattes,“ sagte er mit einem nervösen Lächeln. „Ich wollte dir nichts wegnehmen. Das ist einfach... passiert. Es tut mir leid, okay?“

„Tut dir leid?“ Mattes lachte kalt. „Tut dir leid, dass du meine Frau flachgelegt hast, während ich auf einem scheiß Boot fast ersoffen bin? Glaubst du, das reicht? Soll ich dir auch ein ‚Tut mir leid‘ schenken, wenn ich dir die Fresse poliere?“

„Mattes!“ schrie Susi. „Reiß dich zusammen! Das ist doch nicht der Weg!“

„Halt die Klappe, Susi,“ fauchte Mattes. „Du hast ihn hier reingeholt. Jetzt guck, was du davon hast.“

Er packte Jens am Kragen und zog ihn dicht an sich heran. „Hast du überhaupt Eier, Jens? Oder hoffst du, dass ich Mitleid mit dir hab, weil du so’n weichgespülter Schreibtischtäter bist?“

„Mattes, lass mich los,“ sagte Jens, und jetzt klang er weniger nervös, sondern wütend. „Ich hab dich gewarnt.“

„Gewarnt?“ Mattes lachte höhnisch. „Jens, du bist die letzte Person auf diesem Planeten, die mich warnen kann.“

Jens schubste Mattes weg, aber Mattes reagierte sofort. Er schlug zu, und der Schlag traf Jens direkt an der Kieferkante. Jens taumelte zurück, prallte gegen den Wohnzimmertisch und fiel zu Boden.

„Reicht jetzt!" schrie Susi, während sie versuchte, Mattes zurückzuhalten. Doch Mattes war außer sich. Jens rappelte sich auf, rieb sich das Kinn und ging auf Mattes los.

Die beiden Männer gerieten in einen wilden, chaotischen Ringkampf. Jens schlug Mattes mit einem unerwartet kräftigen Haken in die Rippen, und Mattes schnappte kurz nach Luft, bevor er mit einem Kopfstoß zurückschlug.

„Du bist tot, Jens!" keuchte Mattes, während er den kleineren Mann gegen die Wand drückte. Jens versuchte sich zu wehren, doch Mattes war stärker. Mit einem Schubser schleuderte er Jens zurück, direkt gegen die Kante der niedrigen Treppe im Wohnzimmer.

Es passierte in Sekundenbruchteilen. Jens stolperte, verlor das Gleichgewicht und fiel mit einem dumpfen, schrecklichen Knacken auf die Kante. Sein Kopf schlug auf, und er blieb reglos liegen.

„Jens!" schrie Susi und stürzte zu ihm. „Oh Gott, nein!"

Mattes wich zurück, sein Atem ging schwer, und sein Kopf schwirrte. „Das... das war nicht..."

Doch als er den leblosen Körper auf dem Boden sah, wusste er, dass es keine Entschuldigung gab. Keine Worte konnten das rückgängig machen.

Mattes hockte auf einem der niedrigen Hocker in der Gefängnisküche der JVA Gelsenkirchen. Vor ihm stapelten sich Kisten voller Kartoffeln, jede einzelne ein kleiner brauner Haufen Elend. Das Schälmesser in seiner Hand war stumpf, seine Finger taub, und der Gestank von altem Fett und faulen Zwiebeln hing in der Luft wie eine unausgesprochene Beleidigung.

„800 hungrige Mäuler," hatte der Küchenchef gesagt, ein dürrer Typ mit Nikotinfingern und der Laune eines wütenden Schäferhunds. „Und du schälst, bis ich sage, dass du fertig bist."

Mattes war jetzt seit einer Woche hier. Jeden Tag das Gleiche: Kartoffeln, Karotten, Kohl. Die Küche war ein verdammter Albtraum – heiß, laut, und immer war irgendwo jemand, der klagte, schrie oder einfach nur nervte.

„Na, Schlachthofmann," rief einer der anderen Insassen, ein bulliger Typ mit einem Tattoo von einem Anker auf der Hand. „Wie fühlt sich das an, wieder in der Küche zu stehen? Nur diesmal ohne Schweine, ha?"

„Halt die Fresse, Ralle," knurrte Mattes und schnitt mit etwas zu viel Kraft in eine Kartoffel.

„Oh, einer ist heute schlecht drauf,“ spottete Ralle, während er sich mit einem Putzlappen abwischte, der vermutlich mehr Dreck auftrug, als er entfernte. „Pass auf, dass du die Kartoffeln nicht beleidigst, Alter.“

Mattes ignorierte ihn. Was blieb ihm anderes übrig? Er war hier, und er war gefangen – nicht nur in den Wänden dieser Küche, sondern auch in seinem eigenen Kopf. Immer wieder sah er Jens vor sich. Jens, wie er da lag, der Körper verdreht, der Kopf blutend. Die Stille nach dem Knall war schlimmer gewesen als alles, was danach kam.

„Du träumst ja schon wieder,“ sagte der Küchenchef und knallte einen Stapel Tabletts auf die Arbeitsfläche. „Beweg deinen Arsch, Mattes. Sonst isst heute keiner.“

Mattes schälte weiter. Die Kartoffeln wurden zu Schalen, die Schalen landeten in einem großen Plastikbehälter, der nach drei Minuten schon überlief. Immer wieder griff er in die Kiste, immer wieder dasselbe Spiel.

Manchmal sprach er sich selbst Mut zu. Zieh das durch, Mattes. Das hier ist keine Ewigkeit. Aber die Tage zogen sich wie Teer auf einer heißen Baustelle.

Die anderen Häftlinge waren kein Trost. Sie lachten, pöbelten, oder sie redeten hinter vorgehaltener Hand über ihn.

„Der Typ hat jemanden umgelegt," hörte er einmal einen flüstern, als er sich Kaffee holte.

„Wegen seiner Frau. Oder wegen 'nem anderen Typen. Hab gehört, er ist ausgerastet."

Mattes ignorierte sie. Was sollten sie auch wissen? Sie waren genauso im Dreck wie er.

Nachmittags, wenn die Kartoffeln fertig waren und die Suppe auf dem Herd stand, hatte er manchmal ein paar Minuten Pause. Dann setzte er sich an die Wand, zündete sich eine Zigarette an und starrte durch das kleine Fenster in den grauen Himmel.

Vielleicht bleibt das jetzt mein Leben, dachte er. Kartoffeln, Rauch und Stille.

Er zog an der Kippe, ließ den Rauch aus seiner Nase aufsteigen und versuchte, nicht daran zu denken, dass er jede Sekunde des Tages irgendwo anders sein könnte, wenn er sich nur ein bisschen besser im Griff gehabt hätte. Aber das war alles hypothetischer Mist.

Hier gab's keine zweite Chance.

Hier gab's nur Kartoffeln.

3. Leben auf dünnem Seil

Tracy hing da oben, zehn Meter über dem Dreck, die Hände wie rohe Steaks, die jeden Moment auseinanderfallen könnten. Blasen und Risse, die unter dem Tape und der Kreide brannten wie der Teufel persönlich. Und Gregor? Dieser fettsackige Möchtegern-Zirkusgott stand unten, stemmte die Hände in die Hüften und brüllte rum, als würde die Welt davon abhängen, ob sie jetzt einen halben Meter höher kam oder nicht. „Höher, verdammt nochmal! Das sieht ja aus wie 'ne müde Ente!" Tracy biss die Zähne zusammen, spürte, wie ihr Kiefer knackte, zog sich wieder hoch und schlang die Beine um die Stange. Runterfallen? Keine Option.

Heulen? Nicht mal in deinen beschissenen Träumen, dachte sie. Denn wer heult, fliegt – und zwar nicht nur vom Trapez, sondern auch aus der Manege. Und dann? Dann kannst du gleich irgendwo im Dreck verrecken. Diese Regel hatte sie verinnerlicht, härter als die Lektionen, die Gregor ihr jemals reingeprügelt hatte.

Mit ihren 18 Jahren war Tracy nichts weiter als eine Arbeitssklavin in diesem glitzernden Alptraum, den alle „Zirkus" nannten. Die Leute da draußen, die Zuschauer mit ihren fetten Bäuchen, klebrigen Fingern und leuchtenden Augen, dachten, Zirkus sei Magie, ein bisschen Glanz und Glamour mit einem Hauch Abenteuer. Pustekuchen. In Wahrheit war der Zirkus ein verdammter Knochenbrecher, eine endlose Schleife aus Schuften, Schmerzen und diesem bitteren Gefühl, dass du nie gut genug bist, egal, wie sehr du dich abarbeitest. Tracy war Vollwaise seit ihrem achten Geburtstag, groß geworden zwischen klapprigen Wohnwagen und Zelten, die jeden Moment umkippen könnten. Und was hatte sie gelernt? Dass niemand dich rettet, wenn du es nicht selbst tust. Tagsüber trainierte sie, bis ihre Muskeln brüllten, nachts schrubbte sie Böden, schälte Kartoffeln, stapelte Teller oder schrubbte Abwaschberge, die so hoch waren wie die verfluchten Trapeze, auf denen sie herumturnte. Freizeit war ein Fremdwort, und Freunde? Ha! Klaus, der alte Kartenabreißer am Eingang, war das Einzige, was man in diesem Dreckloch ansatzweise so nennen konnte. Er steckte ihr hin und wieder eine Kippe zu und murmelte Sachen wie: „Die Kleine hat's schwer." Aber hey, Worte halfen dir auch nicht, wenn deine Hände sich anfühlten, als würde jemand sie mit heißem Eisen bearbeiten.

Nach dem Training schleppte sie sich mit Beinen, die sich anfühlten wie zerkochte Spaghetti, zum sogenannten Waschhaus – ein Bretterverschlag, der mehr nach einer Müllhalde roch als nach einem Ort der Reinigung. Sie ließ das kalte Wasser über ihre zerfetzten Hände laufen – heißes Wasser war natürlich Luxus, und Luxus gab's hier nur für die Chefin, die sich nachts in ihrem Wohnwagen die Haare in Lockenwickler drehte, während die anderen sich die Sehnen ruinierten. Jedes Mal, wenn das Wasser auf ihre kaputten Hände traf, biss Tracy die Zähne zusammen, um nicht loszuschreien. Und als ob das nicht schon genug wäre, tauchte Gregor auf, dieser Arsch, der immer genau dann kam, wenn sie dachte, sie hätte mal eine Minute für sich. „Na, Prinzessin, schon wieder am Jammern?" Seine Stimme war so ölig wie seine fettigen Haare, und das Grinsen, das er aufzog, war so widerlich, dass

Tracy sich manchmal vorstellte, ihm einfach eine in die Fresse zu hauen. „Ich brauch keine Prinzessin, ich brauch 'ne verdammte Maschine! Verstanden?" Was sollte sie da sagen? Nicken. Immer nicken. Immer weitermachen. Der Mann war der Boss. Der Zirkus war sein Drecksloch, und sie war nichts weiter als ein Teil davon.

Nachts lag sie in ihrer winzigen Koje in diesem gammeligen Wohnwagen, die Decke so dünn, dass sie nicht mal die Moskitos draußen hielt. Sie starrte die Decke an und dachte nach. Manchmal fragte sie sich, ob das hier alles war. Ob das Leben irgendwann besser wurde. Klaus hatte mal gesagt, Zirkusleute gingen nicht in Rente. Sie arbeiteten, bis sie tot umfielen, und dann war's das. „Romantisch, oder?" hatte er gesagt und dabei dieses bittere Lachen gehabt, das dir zeigt, dass er selbst daran schon lange nicht mehr glaubt. Aber für Tracy war das nicht romantisch. Es war ein Käfig. Ein gottverdammter Käfig ohne Tür. Und jeden Morgen wachte sie wieder auf, mit blutigen Händen, brennenden Muskeln und diesem Kloß im Hals, der sie fast erstickte, wenn Gregor wieder rumschrie.

Doch tief drin, irgendwo unter all dem Schmerz und der Wut, war dieser Gedanke. Ein Gedanke, der sich nicht vertreiben ließ, egal, wie sehr sie es versuchte. Vielleicht, nur vielleicht, könnte sie eines Tages abhauen. Einfach runterklettern, die Straße nehmen und nie wieder zurückschauen.

Aber heute noch nicht. Heute war sie wieder nur Tracy. Das Mädchen mit dem dünnen Seil und der dicken Haut. Aber wer weiß? Vielleicht würde sie es irgendwann schaffen. Vielleicht würde sie frei sein.

Aber „irgendwann" war ein verdammt schwaches Versprechen, wenn du jeden Tag mit den Händen am Abgrund hingst. Und der Abgrund hieß Gregor, hieß Zirkus, hieß: „Bist du nix, kannst du nix, wirst du nix." Das war sein Mantra, das er dir mit jedem Wort einprügelte, bis du selbst anfingst, daran zu glauben. Jeden Tag. Immer wieder.

Tracy schleppte sich nach dem Training zurück zum Wohnwagen, die Hände zu Fäusten geballt, damit bloß niemand sah, wie sie zitterten. Heute war Gregor in besonders guter Laune gewesen, was hieß, dass er sie doppelt so oft angeschrien und dreimal so viel von ihr verlangt hatte. „Komm, Mädchen, träum dich nicht weg, oder willst du gleich einen Zementsack schleppen?" Das war einer seiner Klassiker. Der Typ hatte immer 'nen Spruch auf den Lippen, der dich bis ins Mark traf, während er gleichzeitig so tat, als wäre es nicht sein Problem, wenn du dabei zusammenbrichst.

Klaus saß wie immer auf seinem Klappstuhl am Eingang, den zerknitterten Flyer des nächsten Gastspiels in der Hand, und blinzelte ihr entgegen. „Na, Tracy, siehst aus, als hättste den Elefantenwagen allein gezogen. Alles gut?"

„Alles top, Klaus," grummelte sie und kramte nach einer Zigarette in ihrer Jackentasche. Er reichte ihr sein Feuerzeug und lehnte sich zurück, den Blick auf den staubigen Weg gerichtet, der aus diesem Drecksloch führte. „Du solltest dich nicht so kaputtmachen lassen, Mädchen," sagte er leise, fast beiläufig, aber es hatte einen Ton von Ernsthaftigkeit, der Tracy jedes Mal ein bisschen traf. „Gregor hat einen an der Klatsche. War schon so, als ich hier angefangen hab, und das war, glaub ich, noch vor dem letzten Weltkrieg."

„Ja, ja," murmelte Tracy und paffte den Rauch in die kalte Abendluft. Klaus meinte es gut, klar. Aber gut gemeinte Worte halfen nicht, wenn du morgen früh wieder mit brennenden Händen am Seil hängst, während Gregor brüllte, als würde sein Leben davon abhängen, ob du beim dritten Schwung lächelst oder kotzt.

„Weißt du," setzte Klaus nach, „die da oben, die interessiert's nicht, ob wir draufgehen. Für die sind wir nur Nummern. Solange die Kasse klingelt, kannst du verrecken, und keiner merkt's."

„Danke für die Motivationsrede,“ schnauzte Tracy, aber sie grinste schwach. Der alte Kerl hatte ja recht, auch wenn sie das niemals zugeben würde.

Zurück im Wohnwagen wartete die nächste Scheißaufgabe: Putzdienst. Die Küche stank noch nach verbrannten Pommes vom Mittag, und der Abwasch türmte sich bis zur Decke. Sie schlüpfte in ihre Gummihandschuhe und legte los, weil es sonst niemand tat. Die anderen Artisten – die, die es irgendwie geschafft hatten, nicht mehr die Drecksarbeit zu machen – lungerten draußen herum, kippten Bier und lachten so laut, dass es durch die dünnen Wände schallte. Tracy hörte sie und biss sich auf die Lippe, damit sie nicht losbrüllte.

„Eines Tages,“ murmelte sie leise vor sich hin, während sie den Fettfilm von der Herdplatte schrubbte, „eines Tages häng ich irgendwo in der Karibik in ’ner Hängematte, und ihr könnt euren Scheißzirkus allein machen.“

Aber zuerst musste sie die verdammten Teller abspülen und irgendwie die Nacht überstehen.

Als sie den letzten Teller abgetrocknet hatte, war es längst dunkel. Tracy schlurfte nach draußen, zog sich die Jacke enger um die Schultern und setzte sich auf die kleine Treppe vor ihrem Wohnwagen. Es war still. Nur das entfernte Gegröle der anderen, das

Knarren der alten Zirkuswagen und das gelegentliche Rascheln des Windes. Tracy ließ ihren Kopf in die Hände sinken. Ihre Finger pochten, und sie spürte jeden Muskel in ihrem Körper, als hätte jemand sie durch einen verdammten Fleischwolf gedreht.

„Du siehst aus, als wärst du hundert Jahre alt."

Die Stimme kam von der Seite, kratzig und viel zu nah. Tracy zuckte zusammen und schaute auf. Da stand Luna, das gottverdammte Seiltanz-Wunderkind, mit einer Bierflasche in der Hand. Sie war nur ein paar Jahre älter als Tracy, aber wirkte immer so, als hätte sie ihr Leben im Griff. Mit ihren langen, immer perfekt geflochtenen Haaren und diesem Blick, der gleichzeitig neugierig und gelangweilt war, hatte sie eine Ausstrahlung, die Tracy gleichermaßen faszinierte und wütend machte.

„Was willst du?" fragte Tracy und zog die Nase hoch.

„Nur gucken, ob du noch lebst." Luna setzte sich neben sie und nahm einen großen Schluck aus ihrer Flasche. „Gregor war heute wieder in Hochform, hm? Hab gehört, wie er dich zusammengeschrien hat. Der Typ ist ein Albtraum."

„Danke für die Info," schnappte Tracy. „Als wüsst' ich das nicht längst."

Luna lehnte sich zurück und ließ ihren Blick über die dunklen Zirkuswagen schweifen. „Weißt du," begann sie leise, „du musst dir das nicht ewig gefallen lassen. Irgendwann haut jeder ab. Ich hab auch schon drüber nachgedacht."

„Ach ja?" Tracy lachte trocken. „Und wohin willst du? Glaubst du, da draußen wartet ein besseres Leben? Wir sind Zirkusvolk. Keiner von uns hat was anderes gelernt."

Luna schwieg einen Moment, dann zog sie einen zerknitterten Flyer aus ihrer Jackentasche. „Hier. Hab ich heute gefunden."

Tracy nahm das Papier und überflog die Worte. Eine Artistenschule, weit weg in Marseille. Aufnahmeprüfungen, Stipendien, der ganze Kram. Ihr Herz machte einen kleinen Sprung, aber sie zwang sich, die Euphorie runterzuschlucken. „Und wie stellst du dir das vor? Die nehmen doch keinen, der nix hat."

„Vielleicht schon," sagte Luna leise. „Wenn sie sehen, wie gut du bist. Und du bist gut, Tracy. Auch wenn Gregor ein Arsch ist, er hätte dich längst rausgeschmissen, wenn du's nicht wärst."

Tracy wollte etwas erwidern, doch in diesem Moment knallte die Tür von Gregors Wohnwagen auf. Seine schwere Silhouette erschien im schwachen Licht der alten Lampe. „Was macht ihr da? Denkt ihr, das hier ist 'ne verdammte Pyjamaparty? Morgen früh will ich euch beide um sechs sehen – und keine Ausreden!"

Luna zog die Schultern hoch und stand auf. „Überleg's dir," murmelte sie, bevor sie in der Dunkelheit verschwand.

Tracy blieb zurück, starrte auf den Flyer in ihrer Hand und spürte, wie etwas in ihr sich regte. Vielleicht war es Wut. Vielleicht war es Hoffnung. Oder vielleicht – zum ersten Mal seit Jahren – eine Ahnung von Mut.

In dieser Nacht lag Tracy wach in ihrer Koje, den Flyer fest in der Hand. Die Worte verschwammen vor ihren Augen, aber das Bild blieb klar: Marseille. Eine Artistenschule. Eine andere Welt. Weit weg von Gregors Geplärre, vom Zirkusdreck, von der endlosen Routine, die sie zermürbte. Sie wusste nicht, wie sie das anstellen sollte – sie hatte keine Kohle, keinen Plan, und schon gar keine Garantie, dass die überhaupt jemanden wie sie wollten. Aber da war diese leise Stimme in ihrem Kopf, die immer lauter wurde: „Warum nicht?"

Am nächsten Morgen stand Tracy pünktlich um sechs am Trapez, die Hände frisch verbunden, die Augen schwer vom Schlafmangel. Gregor war wie immer schlecht gelaunt. „Los, hoch mit dir, du verschwendest meine Zeit!" brüllte er. Seine Stimme war ein Vorschlaghammer, aber Tracy hörte nur die Worte vom Flyer in ihrer Tasche. Das war alles, was zählte. Marseille. Eine Chance. Ein Sprung ins Ungewisse.

Die Stunden zogen sich wie Kaugummi. Training. Putzen. Mittagspause, die diesen Namen nicht verdient. Doch in ihrem Kopf arbeitete es weiter. Tracy hatte nie über das „Wie" nachgedacht, weil sie dachte, es wäre ohnehin unmöglich. Aber jetzt hatte Luna diesen verdammten Flyer in ihre Hand gedrückt, und plötzlich war es nicht mehr nur ein Hirngespinst. Es war ein Ziel.

In der Mittagspause setzte sich neben Klaus' Kartenhäuschen und legte den Flyer vor ihm auf den Tisch. Klaus, der immer aussah, als würde ihn nichts mehr überraschen, runzelte die Stirn, als er die Worte überflog.

„Und?" fragte er, ohne sie anzusehen. „Was willst du damit machen?"

„Weiß nicht," murmelte Tracy. „Wahrscheinlich gar nix. Ist doch eh 'n Witz, oder?"

Klaus schob seinen Stuhl ein Stück nach vorne, so nah, dass sie die Falten in seinem Gesicht zählen konnte. „Weißt du, was kein Witz ist?" fragte er. „Dass du hier langsam verrecken wirst, wenn du nichts änderst. Der Zirkus frisst dich auf, Tracy.

Wenn du dir 'ne Chance ausmalst, dann nimm sie. Sonst bleibst du hier – und wirst wie ich."

Tracy hob den Blick. „Wie du?"

„Ja, wie ich," wiederholte Klaus mit einem bitteren Lachen. „Ich wollte auch mal weg. Hatte Pläne. Große Pläne. Aber dann dachte ich: ‚Ach, ich schaff's eh nicht.' Jetzt sitz ich hier, seit dreißig Jahren, und reiß Karten ab für Leute, die ich nicht mal leiden kann. Glaub mir, Mädchen, du willst nicht so enden."

Seine Worte hingen in der Luft wie Rauch, und Tracy wusste nicht, was sie sagen sollte. Sie wusste nur, dass er recht hatte.

Die nächsten Tage vergingen wie im Nebel. Sie trainierte, putzte, biss die Zähne zusammen, während Gregor wieder und wieder auf ihr herumhackte. Aber in ihrem Kopf nahm ein Plan Gestalt an. Luna war ihr dabei mehr Hilfe, als sie je erwartet hätte. „Du musst das richtig machen," hatte Luna gesagt. „Keine halben Sachen. Wenn du abhaust, darf keiner merken, dass du nicht zurückkommst."

Und so tat sie es. Am Abend vor dem nächsten Auftritt packte Tracy ihren Rucksack. Nicht viel, nur ein paar Klamotten, ein bisschen Geld, das sie heimlich zusammengespart hatte, und natürlich den

Flyer. Sie ließ den Rest zurück, als wäre sie immer noch da.

Als die Lichter des Zirkus langsam ausgingen und die anderen sich schlafen legten, schlich Tracy aus ihrem Wohnwagen. Jeder Schritt war ein Donnerschlag in ihren Ohren. Als sie an Gregors Wagen vorbeiging, hielt sie den Atem an. Sein Schnarchen dröhnte durch die dünnen Wände, und sie fühlte eine Mischung aus Erleichterung und Verachtung. Wenigstens war der Bastard außer Gefecht.

Am Rand des Zeltplatzes wartete Luna. „Alles klar?" flüsterte sie, und Tracy nickte. „Okay. Dann los."

Sie gingen schnell und leise, zwischen den Schatten der Wagen hindurch. Tracy fühlte sich wie in einem Traum, ein nervöser, panischer Traum, bei dem jede Sekunde jemand auftauchen könnte, um sie zurückzuzerren. Als sie die Straße erreichten, sahen sie die Lichter eines Busses in der Ferne.

„Da ist er," sagte Luna leise. „Das ist dein Ticket raus. Vergiss, was Gregor gesagt hat. Du bist mehr als das hier."

Tracy wollte etwas sagen, doch in diesem Moment hörten sie Schritte hinter sich. Schwere Schritte, die über den harten Boden donnerten. Sie wirbelte herum und sah Gregor.

„Wo zum Teufel willst du hin, Tracy?“ Seine Stimme war kalt, schneidend, wie eine Klinge.

Luna stellte sich vor Tracy, die Arme ausgebreitet, als wäre sie ein verdammter Schutzengel. „Halt dich raus, Gregor,“ fauchte sie. „Sie ist fertig mit deinem Scheiß.“

„Du bist nichts ohne uns,“ knurrte Gregor und trat einen Schritt näher. „Du kannst rennen, aber da draußen wartest du nur drauf, noch tiefer abzustürzen.“

Etwas in Tracy zerbrach. Oder vielleicht war es nicht zerbrechen, sondern ein endgültiges Aufbäumen. „Falsch,“ zischte sie, und ihre Stimme zitterte vor Wut. „Ohne euch bin ich endlich frei.“

Sie packte Lunas Hand. „Schnell!“

Die beiden rannten, ihre Schritte wie Donnerschläge in der Stille. Der Bus hielt genau in diesem Moment, und Tracy sprang die Stufen hoch, bevor sie es sich anders überlegen konnte.

Als der Bus losfuhr, sah sie Luna noch einmal winken, eine kleine, tapfere Silhouette im Rückspiegel. Der Flyer in ihrer Tasche fühlte sich schwer an, aber auch wie ein Versprechen. Marseille lag vor ihr.

Vielleicht war es ein Neuanfang. Vielleicht war es nur ein weiterer Sprung ins Ungewisse. Aber Tracy hatte gelernt: Egal, wie hoch das Seil hängt, du musst loslassen, wenn du weiterkommen willst.

Marseille war ein wilder, chaotischer Schwall aus Lichtern, Stimmen und Gerüchen, die Tracy schwindelig machten. Es war alles, was der Zirkus nicht war: laut, unberechenbar, voller Menschen, die nichts voneinander wollten. Sie schob sich durch die Straßen, den Rucksack fest umklammert, den Flyer in der anderen Hand. Ihre Hände waren immer noch wund, die Blasen aufgerissen, aber sie spürte den Schmerz kaum. Es war die Aufregung, das Adrenalin, das Summen in ihren Ohren, das sie wach hielt.

Die Artistenschule lag in einem ruhigen Viertel, eingeklemmt zwischen alten, bröckelnden Gebäuden, die nach Geschichten rochen. Tracy stand vor dem großen, schmiedeeisernen Tor und starrte hoch zu dem Schild über dem Eingang: „Académie d'Arts du Cirque." Es klang edel, viel zu edel für jemanden wie sie, aber sie war hier, und sie würde verdammt noch mal durch diese Tür gehen.

Im Empfangsbereich, einer riesigen Halle mit hohen Decken und glänzendem Holzfußboden, saß eine Frau hinter einem Schreibtisch. Sie sah aus, als hätte sie das letzte Lachen vor zehn Jahren hinter sich gelassen, und musterte Tracy mit dem Blick einer, die genau wusste, wer in die Welt passte – und wer nicht.

„Kann ich Ihnen helfen?" fragte sie, ohne aufzusehen.

„Ich... ich hab diesen Flyer," brachte Tracy hervor und schob das zerknitterte Ding über den Tresen. „Ich will mich bewerben."

Die Frau nahm den Flyer mit spitzen Fingern, als wäre er aus verseuchtem Papier, und warf einen kurzen Blick darauf. „Haben Sie sich vorangemeldet?"

„Nein," sagte Tracy.

„Sind Sie allein hier?"

„Ja."

Die Frau seufzte, als hätte sie so etwas erwartet, griff dann aber doch nach einem Formular. „Füllen Sie das aus. In zwei Stunden ist die nächste Aufnahmeprüfung. Wenn Sie sich beweisen, reden wir weiter."

Tracy nickte, schnappte sich das Formular und setzte sich in eine Ecke. Ihre Hände zitterten, als sie die Fragen beantwortete: Name, Alter, Fähigkeiten. Sie hatte nicht viel zu bieten, aber als sie am Ende „Spezialität" ausfüllen musste, schrieb sie mit fester Hand: „Trapez und Hochseil."

Die Stunden vergingen wie im Flug, und als sie schließlich vor der Jury stand, spürte Tracy, wie ihr

Herz raste. Drei strenge Gesichter hinter einem langen Tisch, die Stille in der Halle fast greifbar. Sie kletterte aufs Übungstrapez, spürte das vertraute Gewicht in den Händen. Doch es war anders. Keine brüllenden Trainer, kein Publikum, das nach einem Sturz gaffte. Nur sie, die Jury und der Raum, der plötzlich viel größer wirkte.

Jeder Schwung, jeder Griff, jeder verdammte Muskel war ein Beweis. Beweis dafür, dass sie mehr war als ein Mädchen aus einem klapprigen Zirkus. Als sie fertig war, hielt sie die Luft an. Die Jury flüsterte miteinander, bevor einer von ihnen sprach.

„Nicht schlecht," sagte er. „Es gibt Potenzial. Wir geben Ihnen eine Chance."

Tracy wollte lachen, weinen, rennen – alles gleichzeitig. Doch sie nickte nur, die Hände immer noch um das Seil geklammert. Es war nur der Anfang, das wusste sie. Aber sie hatte es geschafft. Sie hatte sich durchgekämpft.

Die ersten Wochen an der Schule waren ein anderer Schlag ins Gesicht. Die Trainer waren unerbittlich, die Konkurrenz gnadenlos. Tracy war das Mädchen aus dem Nichts, mit einem kaputten Körper und noch kaputteren Träumen. Manche lachten sie aus, andere ignorierten sie komplett. Aber sie hielt durch. Sie biss die Zähne zusammen, wie sie es immer getan hatte.

Jeder Tag war ein Kampf. Die Hände wurden wieder rau, die Muskeln schrien, und die Nächte waren voller Zweifel. War es das wirklich wert? War sie gut genug? Die anderen Artisten schienen perfekt, unantastbar, und Tracy fühlte sich oft wie ein Betrüger, der jeden Moment auffliegen könnte.

Doch dann kam der Tag der großen Aufführung – ihre erste Solo-Nummer. Eine Routine am Hochseil, die sie wochenlang geübt hatte. Die Halle war voller Zuschauer, und Tracy spürte das alte Kribbeln in den Fingern, das sie so sehr gehasst hatte. Doch es war da.

Als sie das Seil betrat, fühlte sie sich für einen Moment unbesiegbar. Jeder Schritt, jede Bewegung, die sie gemacht hatte, war präzise. Doch dann, kurz vor der letzten Drehung, passierte es. Ihr Fuß rutschte ab. Der Schrei war instinktiv, und sie klammerte sich ans Seil, aber der Schwung schleuderte sie ab.

Der Aufprall auf dem Sicherheitsnetz nahm ihr die Luft. Die Halle war still. Sie spürte, wie alle Augen auf sie gerichtet waren, spürte den brennenden Schmerz in ihren Rippen.

„Das war knapp," sagte einer der Trainer, der ihr aufhalf, kalt. „Aber noch so ein Fehler wie der – und du bist raus."

Es war wie ein Messer in der Brust. Sie war fast dort gewesen, fast. Und doch fühlte sie sich, als würde sie wieder ganz unten anfangen müssen.

In den Wochen danach war Tracy ein Geist. Sie trainierte härter, biss sich durch die Nächte, aber die Angst war immer da. Die Angst, wieder zu stürzen, wieder zu scheitern. Doch tief in ihr war auch ein Funken, der nicht verlöschen wollte. Der Funken, der ihr sagte, dass sie weitergehen musste – egal wie oft sie fiel.

Denn der Sprung ins Ungewisse war nicht das Ende. Es war der Anfang.

Aber dieser verdammte Anfang war schwerer, als sie gedacht hatte. Die Schule war kein Zirkus, wo man sich durchs Gebrüll eines Gregor und den Gestank der Abwaschküche durchbeißen konnte. Hier war alles auf einem anderen Level. Keine zweite Chance. Kein Netz, das einen auffing – metaphorisch zumindest. Die Konkurrenz war nicht nur gnadenlos, sie war perfekt. Jede Bewegung, jeder Griff, jeder Schwung war präzise, durchgeplant, berechnet. Tracy kam sich dagegen vor wie ein verbeulter Wagen neben einem Ferrari.

Nach ihrem Sturz am Hochseil war sie wie Luft. Die Trainer warfen ihr keine zweite Chance zu, die anderen Artisten mieden sie. „Die vom Zirkus,“ flüsterten sie manchmal hinter ihrem Rücken.

Oder: „Die ohne Technik." Es war wie Gift, das sich langsam durch ihren Körper fraß. Sie hasste sie dafür, aber gleichzeitig wusste sie, dass sie recht hatten.

Also tat sie, was sie immer getan hatte: Sie biss die Zähne zusammen. Sie trainierte bis spät in die Nacht, bis ihre Hände wieder wund waren, bis die Muskeln in ihren Beinen so brannten, dass sie kaum noch stehen konnte. Es war wie damals im Zirkus, nur dass hier niemand ihr einen Flyer zusteckte und sagte: „Du bist gut genug." Hier musste sie sich alles selbst nehmen, Stück für Stück.

Doch so sehr sie sich abmühte, so sehr nagte die Frage an ihr: „Warum?" Warum machte sie das? Warum war sie hier? Was war am Ende dieses Weges, außer einem anderen Trapez, einem anderen Seil, einem anderen endlosen Kampf um Perfektion?

Eines Abends, nach einem besonders harten Training, saß Tracy allein in ihrem Zimmer. Ihre Hände waren verbunden, die Knie angezogen, und sie starrte aus dem Fenster. Marseille lag vor ihr wie ein riesiges Meer aus Lichtern, eine Stadt, die weiter lebte, während sie sich in dieser winzigen Welt vergrub.

Es klopfte an der Tür, und bevor sie etwas sagen konnte, steckte jemand den Kopf hinein. Es war Luna.

„Na? Immer noch auf dem Hochseil am Kriechen?“ Luna grinste, aber diesmal wirkte es müde, fast traurig.

„Was willst du?“ Tracy wandte den Blick nicht vom Fenster ab.

Luna schloss die Tür hinter sich und ließ sich auf die Kante des Bettes fallen. Sie war die Einzige, die Tracy jemals besucht hatte. Vielleicht die Einzige, die sich überhaupt noch erinnerte, dass sie da war.

„Ich wollte nur mal gucken, ob du noch atmest,“ sagte Luna leichthin, dann beugte sie sich vor. „Hör zu, Tracy. Du kannst nicht immer so weitermachen. Du wirst dich kaputtmachen, und für was? Für die da draußen?“ Sie deutete vage auf die Wand, hinter der sich die anderen Artisten befanden. „Die warten nur darauf, dass du wieder hinfällst.“

„Ich muss,“ sagte Tracy. Ihre Stimme war ruhig, fast emotionslos. „Wenn ich nicht kämpfe, bin ich nichts. Und das kann ich mir nicht leisten.“

„Du bist doch schon was,“ sagte Luna, und diesmal war ihre Stimme weicher. „Du bist hier. Das allein ist mehr, als viele von uns je geschafft haben.“

Tracy wollte widersprechen, aber etwas an Lunas Worten ließ sie verstummen. Sie war hier. Das war keine Selbstverständlichkeit.

In den Wochen danach änderte sich etwas. Es war kein großer Wandel, keine dramatische

Transformation. Tracy war immer noch die Letzte, die die Halle verließ, die Erste, die am Morgen da war. Aber sie begann, anders zu denken. Sie hörte auf, die anderen Artisten als Gegner zu sehen. Sie hörte auf, sich selbst als etwas Minderwertiges zu betrachten.

Eines Tages kam einer der Trainer auf sie zu. Es war der, der sie nach ihrem Sturz fast rausgeworfen hatte. „Du bist zäh," sagte er knapp. „Das ist selten."

Es war kein Lob, nicht wirklich. Aber für Tracy war es ein Funken. Ein kleiner Moment, der sie antrieb, weiterzumachen.

Dann kam Damien in ihr Leben wie 'ne schmutzige Brise durch ein offenes Fenster – nicht willkommen, aber irgendwie unvermeidlich. Der Typ hatte diesen Look, der Frauen zum Lachen und Männer zum Kotzen bringt: Lederjacke, Zigarettenstummel im Mundwinkel, Haare, die aussahen, als hätte er sie mit altem Motoröl gestylt. Und die Augen? Diese verdammten Augen – ein bisschen müde, ein bisschen hungrig, wie jemand, der schon zu viel gesehen hat und trotzdem noch mehr will.

„Du bist doch die aus der Artistenschule, oder?" Hatte er sie eines Abends auf der Straße angesprochen, als sie gerade von einem langen Training kam. Sie war zu müde, um ihn direkt wegzuschicken, und ehrlich gesagt – irgendwas an ihm hatte sie neugierig gemacht.

„Was geht dich das an?" hatte sie zurückgeknurrt.

Er grinste. Ein schiefes Grinsen, das mehr versprach, als es halten konnte. „Komm schon, du siehst aus, als wärst du für Größeres gemacht."

„Größer als was?" fragte sie trocken. „Die Suppenküche von Marseille?"

Er lachte, ein raues, kehliges Lachen, das nach zu vielen Zigaretten und zu wenig Schlaf klang. „Du hast 'ne spitze Zunge, gefällt mir."

Das war der Anfang.

Damien tauchte von da an immer wieder auf, wie ein Straßenhund, der weiß, wo er was abstauben kann. Mal brachte er ihr einen Kaffee, mal nur ein Gespräch, das sie ablenkte, wenn sie sich zu viele Gedanken machte. Er war charmant, keine Frage, aber auf eine Art, die dich unruhig machte – wie jemand, der dir einen Drink spendiert, während er deine Brieftasche im Auge hat.

„Weißt du, du bist zu gut für die da," sagte er eines Abends, als sie zusammen in einer kleinen Bar saßen. Er hatte sie überredet, mitzukommen, und sie war zu kaputt gewesen, um nein zu sagen. „Die drücken dich nur runter. Die Trainer, die anderen. Die wollen, dass du scheiterst, damit sie sich besser fühlen."

„Ach ja?" Tracy nahm einen Schluck von ihrem Bier und hob eine Augenbraue. „Und du weißt das woher?"

„Weil ich's gesehen hab," sagte er, als wäre das die einzige Erklärung, die sie brauchte.

Und irgendwie hatte er recht. Die Zweifel, die sie seit Wochen plagten, fühlten sich plötzlich weniger wie ihre eigenen Gedanken an und mehr wie die Wahrheit, die jemand endlich laut aussprach. Damien war gut darin, dir das zu geben, was du hören wolltest – und genau das machte ihn gefährlich.

Die Sache kippte irgendwann, wie es bei Typen wie Damien immer kippt. Es war einer dieser Abende, an denen die Luft schwer und die Gedanken noch schwerer waren. Er hatte sie überredet, mit ihm zu einer „coolen Location" zu kommen – was in seinem Fall ein heruntergekommenes Café war, das mehr wie ein Treffpunkt für zwielichtige Gestalten wirkte.

„Ich hab da 'ne Idee," sagte er, während er sich lässig auf seinem Stuhl zurücklehnte. „Was, wenn ich dir helfe, aus der ganzen Scheiße rauszukommen?"

„Und wie willst du das anstellen?" fragte Tracy misstrauisch.

„Geld,“ sagte er und zog das Wort in die Länge, als wäre es die Antwort auf jede Frage. „Ich kenn Leute, die zahlen gut. Du müsstest nur... na ja, einen kleinen Gefallen tun.“

Tracy erstarrte. „Was für einen Gefallen?“

Er grinste. Dieses verdammte Grinsen. „Nichts Großes. Nur ein bisschen was transportieren. Ein Päckchen hierhin, ein Päckchen dahin. Einfaches Geld.“

Das war der Moment, in dem sie hätte aufstehen und gehen sollen. Hätte sie einfach aufstehen und diesen Mistkerl hinter sich lassen können, aber irgendwas an seiner Lässigkeit hielt sie fest. Sie war neugierig – und vielleicht auch ein bisschen verzweifelt.

„Ich bin kein verdammter Kurier,“ sagte sie schließlich, ihre Stimme kalt.

„Doch,“ sagte er, immer noch grinsend. „Du weißt es nur noch nicht.“

Ein paar Tage später landete das Päckchen in ihrer Tasche. Sie hatte keine Ahnung, wann oder wie er es ihr untergeschoben hatte, sie merkte es erst, als sie in eine Polizeikontrolle geriet. Zwei Cops, die aussahen, als hätten sie den Abend lieber woanders verbracht, durchsuchten ihre Sachen. Und da war es – ein kleines, unscheinbares

Päckchen, das mehr Probleme bedeutete, als sie sich jemals vorstellen konnte.

„Na, was haben wir denn da?" fragte einer der Polizisten, und Tracy wusste, dass sie geliefert war.

Die nächsten Wochen waren ein Albtraum. Damien war natürlich verschwunden – keine Spur von ihm, als hätte er sich in Luft aufgelöst. Tracy hingegen saß in einer Zelle, starrte auf graue Wände und fragte sich, wie zum Teufel sie hier gelandet war.

Das Frauengefängnis von Marseille war kein Ort für schwache Nerven. Die Zellen waren eng, die Nächte laut, und die Arbeit war monoton bis zum Wahnsinn. Tracy nähte Uniformen für einen Hungerlohn, der kaum reichte, um sich eine Packung Zigaretten zu leisten.

„Du hättest abhauen sollen," murmelte sie oft zu sich selbst, während die Nadel durch den Stoff glitt. Oder: „Gregor hatte recht. Du bist nichts."

Der Knast war nicht nur ein Loch, es war ein Sarg. Tracy hatte es schon geahnt, als die Gitter hinter ihr zuschlugen, aber mit jedem Tag, den sie hier verbrachte, wurde es deutlicher: Dieser Ort wollte dich nicht nur brechen – er wollte dich auslöschen.

Die Wärterinnen? Sadistinnen mit Uniformen und einem Hang dazu, ihre schlechte Laune an den

Insassinnen auszulassen. „Na, was glotzt du, Zirkusmäuschen?" hatte eine von ihnen gesagt, als Tracy einmal gewagt hatte, länger als eine Sekunde in ihre Richtung zu schauen. Die Antwort war eine Backpfeife gewesen, die so hart kam, dass Tracy tagelang den Abdruck der Hand spürte.

Und die Mitgefangenen? Ein Haifischbecken. Jede gegen jede, jede für sich. Tracy war die Neue, die Schwache, diejenige, die nicht verstand, wie die Dinge hier liefen. Es dauerte keine zwei Wochen, bis die erste auf sie losging – eine große, muskulöse Frau mit einem schiefen Lächeln und einer Narbe quer über dem Hals. Sie hatte Tracy in der Kantine gepackt, sie an der Schulter herumgerissen und ihr mit der Faust in den Bauch geschlagen. „Halt dich aus meinen Sachen raus," hatte sie gesagt, obwohl Tracy keine Ahnung hatte, wovon sie sprach.

„Deine Sachen interessieren mich nicht," hatte Tracy gehustet, während sie versuchte, nicht vor Schmerzen zusammenzuklappen.

„Jetzt nicht mehr," hatte die Frau geantwortet, bevor sie ging.

Die Tage in der Näherei waren nicht besser. Es war dieselbe monotone Scheiße, jeden Tag. Die Maschinen ratterten, der Stoff stank, und die Luft war so stickig, dass es sich anfühlte, als würde sie langsam ersticken. Und immer wieder kamen die

Worte der Wärterinnen, bissig und kalt wie Rasierklingen: „Beeil dich, du faule Ratte!" – „Wenn du nicht schneller wirst, schmeiß ich deinen Arsch in den Küchendienst!" – „Die da? Die macht's eh nicht lang."

Tracy redete nicht mehr viel. Wozu auch? Es gab nichts zu sagen, nichts zu gewinnen. Sie war wie ein Schatten, der durch die Gänge huschte, immer darauf bedacht, niemandem in die Quere zu kommen. Aber selbst das reichte nicht. Die anderen Frauen schubsten sie, wenn sie vorbeiging, klauten ihr Essen, flüsterten Dinge, die sie nicht hören wollte.

„Du bist nicht zäh genug für hier," sagte eine von ihnen eines Nachts, als Tracy sich auf ihre Pritsche legen wollte. „Du wirst verrecken, und keiner wird's merken."

Mit jeder Woche wurde die Last schwerer. Tracy konnte nicht mehr schlafen. Die Nächte waren endlos, ein Chaos aus Schreien, Streit und dem Klirren von Gittern. Und selbst wenn es still war, war da dieser Druck in ihrer Brust, dieses Gewicht, das sie fast zerquetschte.

Sie dachte an den Zirkus. An Gregor, an Klaus, an Luna. Sie dachte an den verdammten Flyer, der alles ins Rollen gebracht hatte. Und sie fragte sich: „Hätte ich einfach bleiben sollen?"

Die Antwort war wie ein Messer in ihrem Kopf: Ja. Ja, verdammt. Was auch immer der Zirkus war, er hatte ihr zumindest einen Sinn gegeben, einen Platz, etwas, woran sie sich festhalten konnte.

Hier? Hier war sie nichts.

Der Wendepunkt kam, als sie eines Tages in eine Prügelei gerict. Sie hatte nichts getan – wirklich nicht. Aber das war egal. Die Frau mit der Narbe war wieder da, diesmal mit einer Freundin. Sie hatten Tracy in einer Ecke des Hofes erwischt, wo keine Kameras waren, und sie zu Boden gestoßen.

„Du denkst, du bist was Besonderes, was?" hatte die Narbige gesagt, während sie Tracy mit dem Fuß in die Seite trat.

„Ich denke gar nichts mehr," hatte Tracy gekeucht.

Die Schläge hörten nicht auf. Nicht, bis eine Wärterin auftauchte und die Frauen auseinanderriss. Doch selbst das fühlte sich nicht wie eine Rettung an. Die Wärterin hatte Tracy gepackt, sie in den Arm gezwungen und ins Ohr gezischt: „Halte deinen verdammten Kopf unten, oder ich mach dir das Leben noch schwerer, als es eh schon ist."

Nach dieser Nacht war Tracy nicht mehr dieselbe. Sie sprach nicht mehr. Sie aß kaum. Sie war wie ein Geist, der durch die Gänge schwebte.

Niemand beachtete sie, außer um sie zu schikanieren. Und tief in ihr wuchs ein Gedanke, dunkel und verführerisch: „Es gibt einen Weg, das alles zu beenden.“

Sie begann, die Laken ihrer Pritsche zu betrachten, ihre Hände darüber zu streichen, als wären sie ein Ausweg. Und vielleicht waren sie das auch.

In der letzten Nacht legte Tracy alles bereit. Es war kein großer Plan, keine große Geste. Es war einfach. Sie riss das Laken in Streifen, knotete sie zusammen und befestigte sie am Gitter ihres kleinen Fensters.

Dann stand sie da. Ihre Hände waren ruhig, ihre Atmung gleichmäßig. Zum ersten Mal seit Jahren fühlte sie keine Angst mehr, keinen Druck. Nur Ruhe.

Sie dachte an Luna. An Klaus. An das Hochseil, das immer unter ihr geschwankt hatte. Vielleicht würde es jetzt endlich aufhören zu schwanken.

Als die Wärterin am nächsten Morgen die Zelle öffnete, fand sie Tracy dort. Am Fenster. Der Körper hing schlaff, die Füße knapp über dem Boden, das Gesicht leer. Kein Drama. Kein Abschiedsbrief. Nur Stille.

Der Zirkus hatte sie fast zerstört. Damien hatte ihr den Rest gegeben. Und der Knast? Der hatte sie zu Ende gebracht.

Das Mädchen, das sich immer wieder hochgezogen hatte, war gefallen. Endgültig.

4. Der alte Fernfahrer

Paul saß auf seinem knarzenden Ledersitz, die Zigarettenpackung auf dem Armaturenbrett, direkt neben der vergilbten Karte, die er seit Jahren nicht mehr brauchte. Berlin nach Thessaloniki, Thessaloniki nach Berlin. Drei Jahrzehnte die gleiche verdammte Strecke. Er könnte sie mit geschlossenen Augen fahren – wenn es nicht diese verdammten Schlaglöcher auf den serbischen Autobahnen gäbe. Und dann diese neuen Mautstationen überall, die sich anfühlten wie eine Schar Geier, die nur darauf warteten, ihm die letzten Kröten aus der Tasche zu ziehen.

Der alte MAN-Kühllaster brummte unter ihm, ein vertrautes, beruhigendes Geräusch. Das Brummen war wie ein Herzschlag, sein Herzschlag. Der Motor war das Einzige, dem Paul noch vertraute. Menschen? Die waren ihm meistens egal, besonders die unfreundlichen Lagerarbeiter, die immer einen auf dicke Hose machten, während sie die Paletten voller griechischem Obst oder dänischem Käse auf- und abluden.

„Feta-Ersatz", murmelte Paul und spuckte aus dem Fenster. „Die Griechen importieren so viel, dass sie's bald selbst glauben, sie hätten Kühe. Rindviecher gibt's da nur zweibeinige, das sag ich dir." Er lachte heiser und drückte die Zigarette in einem übervollen Aschenbecher aus. Es stank nach kaltem Rauch, Schweiß und altem Kaffee – sein Duft der Freiheit.

Ab und an nahm er Anhalter mit. Nicht, weil er gerne Gesellschaft hatte, sondern weil sie Geschichten brachten, die die Monotonie durchbrachen. Einmal hatte er einen serbischen Musiker mitgenommen, der mit einer rostigen Gitarre auf dem Beifahrersitz saß und alte Lieder sang, die klangen wie die Klage eines sterbenden Tieres. Paul hatte es genossen, bis der Typ anfing, nach Geld zu fragen.

Dann gab's noch die junge Deutsche, die auf dem Weg nach Athen war, um „sich selbst zu finden". Paul hatte sie nur mitgenommen, weil er dachte, sie würde wenigstens ein Bier mit ihm trinken. Stattdessen laberte sie ihm die Ohren voll über Yoga und vegane Ernährung. Beim nächsten Rasthof setzte er sie ab. „Nichts für ungut, Süße“, hatte er gesagt, „aber ich fahr' hier keine Lebensberatung.“

Polizeikontrollen waren der reinste Albtraum. Besonders in Ungarn, wo die Beamten aussahen, als würden sie nach ihrer Schicht als Mafiosi weiter machen. „Dokumente! Ladungspapiere! Und was ist das da? Eine abgelaufene Wasserflasche?“ Paul wusste, dass sie nur auf ein Schmiergeld warteten. Aber er hatte längst gelernt, wie man mit einem schmierigen Grinsen und einer Packung Marlboro durchkam.

Raststätten waren sein zweites Zuhause. Die Zapfsäulen, der Geruch von Diesel und schlechtem Kaffee – das war sein Leben. „Café americano“, bestellte er immer, auch wenn der Kaffee nach verbranntem Gummi schmeckte. Die Kellnerinnen waren immer gleich: müde Augen, müdes Lächeln. Paul flirtete trotzdem. Nicht, weil er dachte, dass es etwas bringen würde, sondern weil es ihm das Gefühl gab, noch am Leben zu sein.

Einsamkeit? Klar, die war sein ständiger Beifahrer. Manchmal überfiel sie ihn wie ein Schlag in die Magengrube, besonders nachts, wenn er auf einem dunklen Parkplatz parkte, die Motoren der anderen Laster leise im Hintergrund brummten, und er nur das Summen der Neonlampen hörte. Aber er schob sie weg, wie alles andere. Eine weitere Zigarette, ein weiterer Schluck aus der Thermoskanne, und weiter ging's.

In Thessaloniki stank es immer nach Hafen, nach Fisch und nach Abgasen. Paul mochte die Stadt. Sie war dreckig und laut, genau wie er. Die Lagerarbeiter dort waren genauso mürrisch wie die in Berlin, aber wenigstens verstand er hier kein Wort von dem, was sie fluchten. Er lud seinen Käse ab, wartete auf die nächste Fuhre Obst und machte sich auf den Weg zurück.

Auf der Rückfahrt fragte er sich manchmal, ob er das bis zum Ende machen würde – bis er irgendwann am Steuer einschlief und der Laster ihn und seine Ladung in einen Straßengraben beförderte. Aber dann grinste er, zündete sich eine weitere Zigarette an und klopfte auf das Armaturenbrett. „Noch nicht, Alter. Noch lange nicht."

Paul lehnte am Kühler seines Lastwagens, eine Zigarette in der einen Hand, den Kaffeebecher in der anderen. Die Morgensonne kroch gerade über den Horizont, aber das bedeutete wenig. Er war schon seit drei Stunden unterwegs, Augenringe so tief wie die Schlaglöcher auf der serbischen Autobahn.

Ein anderer Fahrer schlenderte herüber, ein bulliger Typ mit ölverschmierten Händen und einer Mütze, die aussah, als hätte sie ein Hund durchgekaut. „Morgen, Alter. Auch wieder auf dem Weg nach Süden?" fragte er und spuckte einen Kaugummi auf den Boden.

„Nee, ich fahr nach Norwegen. Lachse abholen", antwortete Paul trocken und nahm einen tiefen Zug von seiner Zigarette. „Natürlich nach Süden. Was denkst du? Ich bin seit 30 Jahren auf derselben Strecke. Könnte die Augen zumachen und würde immer noch besser fahren als die Hälfte der Idioten hier."

Der Typ grinste. „Die Autobahn wird auch nicht besser, was? Hast du gestern die Kontrolle bei Novi Sad mitbekommen? Haben die halbe Kolonne rausgezogen."

Paul verdrehte die Augen. „Scheiß Typen. Letzte Woche wollten sie mir erzählen, mein Feuerlöscher wäre abgelaufen. Der hat mehr Einsätze gesehen als die Kerle in ihrem ganzen Leben."

„Und? Was hast du gemacht?"

„Ihn auf den Boden geknallt und gesagt, wenn's brennt, sollen sie's selbst löschen. Hat ihnen gefallen." Paul schnaubte und nahm einen Schluck Kaffee. Der war mittlerweile lauwarm und schmeckte wie verbrannte Schuhsohle, aber das störte ihn nicht.

Wenige Stunden später, irgendwo hinter Sofia, sah Paul eine Frau am Straßenrand stehen, den Daumen rausgestreckt. Sie war in einen dünnen Mantel gewickelt, das Haar wild im Wind. Paul bremste ab, der alte MAN zischte und knarrte, als er zum Stehen kam.

„Wohin?" fragte er, als sie die Tür öffnete und sich mit einem genervten Seufzen hochzog.

„Athen", sagte sie, ohne ihn anzusehen. Sie war vielleicht Mitte 30, mit scharfen Gesichtszügen und Augen, die viel zu viel gesehen hatten.

„Das passt", sagte Paul, „aber ich fahr' nur bis Thessaloniki. Von da aus musst du selbst schauen."

„Alles klar." Sie schmiss ihren Rucksack auf den Boden und setzte sich. Dann schaute sie sich um, rümpfte die Nase. „Raucher, was?"

Paul grinste. „Willkommen in meiner Welt, Prinzessin. Hab' kein Glitzertaxi bestellt."

Sie grinste zurück, ein leicht spöttisches Lächeln. „Na gut, Cowboy. Lass uns losfahren."

Die nächsten Stunden vergingen in einer Mischung aus Schweigen und Geplänkel. Sie stellte sich als Lena vor, eine Deutsche, die angeblich Freunde in Athen besuchen wollte. Paul glaubte kein Wort, aber er fragte auch nicht weiter nach.

„Was fährst du eigentlich?" fragte sie irgendwann und deutete auf die Ladungspapiere, die auf dem Armaturenbrett lagen.

„Käse", antwortete Paul. „Dänischer und holländischer. Feta für die, die keinen echten bezahlen wollen."

„Und das machst du freiwillig?"

„Freiwillig?" Paul lachte rau. „Ich fahr seit 30 Jahren durch halb Europa, weil ich's liebe, Lena. Nichts ist schöner, als mit einem Kühllaster voller Pseudo-Feta an der serbischen Grenze angehalten zu werden."

Lena lachte laut. „Klingt wie ein Traumjob."

Paul zog an seiner Zigarette und sah sie aus den Augenwinkeln an. „Man gewöhnt sich dran. Ist wie ein schlechter Film, den du dir jeden Abend wieder anschaust, weil du den Fernseher nicht kaputt machen willst."

An einer Raststätte kurz vor der griechischen Grenze hielt Paul an. Die Sonne stand tief, die Luft war schwer und roch nach heißem Asphalt. Lena stieg aus, streckte sich und sah sich um. „Hier ist nichts los."

„Genau so, wie ich's mag", brummte Paul und stieg ebenfalls aus. Er holte eine neue Packung Zigaretten aus der Kabine, zündete sich eine an und lehnte sich an den Tank.

„Wie hältst du das aus?" fragte Lena plötzlich. Ihre Stimme war ernst, die spöttische Fassade war verschwunden.

Paul blies den Rauch aus und zuckte die Schultern. „Man hält's aus, weil man's muss. Und weil... na ja, irgendwer muss den ganzen Scheiß fahren, den du im Supermarkt kaufst."

Lena nickte langsam. Sie sagte nichts mehr, und das Schweigen fühlte sich schwerer an als der Laster, den Paul fuhr. Aber das war okay. Manchmal war Schweigen besser als all das Gerede.

Als Paul sie in Thessaloniki absetzte, war es fast Mitternacht. Sie bedankte sich knapp, warf ihren Rucksack über die Schulter und verschwand in der Dunkelheit. Paul sah ihr nach, schüttelte den Kopf und murmelte: „Viel Glück, Prinzessin."

Dann kletterte er zurück in die Kabine, warf den Motor an und dachte nicht weiter über sie nach. Er hatte noch eine Ladung Obst aufzunehmen und einen weiten Weg zurück nach Berlin.

Paul starrte auf die Ladungspapiere, die auf dem Beifahrersitz lagen. Er hatte gerade die Paletten mit Orangen und Kiwis in Thessaloniki übernommen. Das Obst würde ihn sicher und langweilig nach Berlin begleiten, wie immer. Doch irgendetwas nagte an ihm, ein Gefühl, das er nicht benennen konnte – als ob die Luft dicker war, schwerer als sonst.

Er fuhr die erste Stunde schweigend, nur das Brummen des Motors und das Knistern des Radios begleiteten ihn. Eine Straßensperre auf der Egnatia Odos zwang ihn zum Anhalten. Zwei Männer in Uniform standen in der Mitte der Straße, ihre Gesichter versteinert. Einer von ihnen hob die Hand.

„Dokumente!" rief der größere von beiden, ein Typ mit einem Gesicht wie ein Schlagring. Paul ließ die Scheibe runter, die Zigarette noch im Mundwinkel.

„Schon wieder?", knurrte er und reichte die Papiere rüber.

Der Beamte sah sie kaum an. „Öffnen Sie den Laderaum."

Paul verzog das Gesicht. „Was soll das? Orangen und Kiwis, nichts weiter. Oder habt ihr Angst, dass ich die Früchte bewaffne?"

„Laderaum auf, jetzt!" Der Ton war schärfer, und der Typ legte eine Hand an seine Hüfte, wo eine Pistole hing. Paul seufzte, sprang aus der Kabine und ging zur Rückseite des Lasters.

„Wenn du meine Ladung beschädigst, Freundchen, ruf ich deinen Boss an und mach dir den Job zur Hölle", murmelte Paul und zog das

Siegel ab. Der Mann öffnete die Türen und leuchtete mit einer Taschenlampe hinein.

„Sauber“, sagte der Beamte schließlich, schloss die Türen wieder und nickte seinem Kollegen zu. „Fahren Sie weiter.“

Paul schnaubte, kletterte zurück in die Kabine und warf die Tür zu. „Wichser“, murmelte er und trat aufs Gas.

Ein paar Stunden später, tief in der Nacht, hielt er an einer Raststätte kurz hinter der griechischen Grenze. Der Parkplatz war fast leer, nur zwei andere Laster standen dort, deren Fahrer sich vermutlich schon in ihren Schlafkojen verkrochen hatten. Paul ging zur Tankstelle, um sich einen Kaffee zu holen, als er hinter sich Schritte hörte.

„He, Alter!“ rief jemand. Paul drehte sich um. Ein dünner Typ mit einem viel zu großen Rucksack kam auf ihn zu. „Kannst du mich mitnehmen? Nur bis Budapest. Zahle auch was.“

Paul musterte den Mann. Seine Kleidung war schäbig, die Augen ruhelos, und er hatte eine Art, sich ständig umzusehen, die Paul nicht gefiel. „Kein Taxi“, brummte Paul und drehte sich wieder um.

„Komm schon, Mann“, drängte der Typ. „Ich bin sauber. Keine Drogen, kein Ärger. Ich muss einfach weg.“

Paul zog eine Augenbraue hoch. „Weg von was?“

Der Mann zögerte, dann zuckte er die Schultern. „Leute, die ich besser nicht getroffen hätte."

Paul warf einen Blick auf den Parkplatz. Niemand war zu sehen. Ein mulmiges Gefühl breitete sich in seinem Magen aus, aber dann dachte er: Was soll's? Ein bisschen Spannung würde ihm vielleicht die Fahrt verkürzen.

„Okay", sagte er schließlich. „Bis Budapest. Kein Gequatsche, kein Ärger. Verstanden?"

„Verstanden", sagte der Mann schnell und stieg ein.

Die erste Stunde verlief ruhig. Der Typ saß still, spielte mit den Riemen seines Rucksacks und starrte aus dem Fenster. Paul beobachtete ihn aus den Augenwinkeln. Irgendetwas stimmte nicht.

„Was ist in dem Rucksack?" fragte Paul schließlich.

„Nichts Besonderes", sagte der Typ schnell. Zu schnell.

„Nichts Besonderes ist verdammt schwer für einen Rucksack", konterte Paul. „Hör zu, ich hab keinen Bock auf Ärger. Wenn da irgendwas drin ist, was die Bullen interessieren könnte, steigst du hier aus, verstanden?"

„Es ist nichts Illegales", versicherte der Mann, doch seine Hände zitterten.

Paul knurrte leise und zog an seiner Zigarette. „Besser für dich.“

Irgendwann nach Mitternacht erreichten sie einen kleinen Parkplatz irgendwo in Serbien. Paul wollte ein paar Stunden schlafen, bevor er weiterfuhr. Doch kaum hatte er den Motor abgestellt, tauchte ein schwarzer SUV auf, der neben ihnen hielt. Die Türen öffneten sich, und zwei Männer stiegen aus. Beide waren groß, breitschultrig und trugen Lederjacken.

„Verdammt“, murmelte Paul. Der Typ auf dem Beifahrersitz wurde bleich.

„Bleib ruhig“, flüsterte der Fremde. „Die suchen nur mich.“

„Kein Scheiß“, zischte Paul. „Und warum sind die Typen so sauer auf dich?“

„Es ist kompliziert.“

Paul lachte trocken. „Kompliziert bringt mir nichts. Was haben wir hier, Drogen? Waffen? Geld?“

Der Mann sagte nichts, aber sein Schweigen sprach Bände.

Einer der Typen klopfte an Pauls Tür. „Mach auf, Fahrer“, rief er, seine Stimme tief und gefährlich.

Paul drückte seine Zigarette aus und sah den Beifahrer an. „Dein Problem, Freundchen. Aber ich sag dir eins: Wenn die meinen Laster anfassen, bring ich euch beide um."

Der Fremde schluckte schwer. „Lass mich raus. Ich klär das."

„Zu spät", knurrte Paul, zog den Türgriff und stieg aus. „Was wollt ihr?"

Die Männer musterten ihn. „Der Typ. Er schuldet uns was."

Paul zuckte die Schultern. „Nicht mein Problem. Ich bin nur der Fahrer."

Einer der Männer trat näher, griff nach der Tür zum Beifahrersitz. „Wir nehmen ihn und sind weg."

„Falsch", sagte Paul. „Ihr nehmt gar nichts. Ich hab eine Ladung Obst, die nach Berlin muss. Wenn ihr meinen Zeitplan ruiniert, könnt ihr euch selbst aus der Scheiße holen."

Die Männer lachten leise, aber es war kein angenehmes Lachen. „Halt dich raus, Opa."

Paul trat näher, der Geruch von Diesel und Zigarettenrauch hing um ihn wie eine Rüstung. „Das ist mein verdammter Laster. Ihr wollt ihn? Dann müsst ihr mich auch nehmen."

Die Spannung knisterte in der kalten Nachtluft.

Die beiden Typen im Leder grinsten einander an. Es war dieses Grinsen, das Paul hasste – das Grinsen von Kerlen, die dachten, sie hätten die Welt in der Tasche. Der kleinere von ihnen trat näher, so nah, dass Paul den Alkohol in seinem Atem riechen konnte.

„Du hast Eier, Alter“, sagte der Typ. „Aber wenn du klug bist, bleibst du jetzt einfach stehen und lässt uns unseren Freund holen.“

Paul zog an seiner Zigarette, atmete den Rauch langsam aus und fixierte den Mann mit seinen Augen. „Klug? Ich bin nicht klug, mein Freund. Klug wäre gewesen, nie in diesen Job zu steigen. Aber weißt du, was ich bin? Ich bin stur wie ein alter Muli. Und wenn du mir auf den Sack gehst, wirst du das bereuen.“

Der größere Typ, der bisher geschwiegen hatte, packte Paul plötzlich am Kragen. „Hör zu, Opa. Wir haben keine Zeit für deinen Scheiß. Beweg dich.“

Paul lachte heiser. „Opa? Du denkst, weil ich graue Haare hab, kann ich nichts mehr? Versuch’s mal, Junge. Ich hab vor deiner Geburt schon mit Arschlöchern wie dir zu tun gehabt.“

Der Typ auf dem Beifahrersitz, der die ganze Zeit still gewesen war, öffnete plötzlich die Tür und sprang raus. „Okay, okay! Ich geh mit euch! Lasst ihn in Ruhe!“

„Bleib, wo du bist!“ bellte Paul, ohne den Blick von den Typen abzuwenden. „Du hast mich in diese Scheiße gebracht, und ich werd verdammt sein, wenn du jetzt einfach abhauen darfst.“

„Was soll ich machen?" Der Beifahrer klang verzweifelt. „Sie bringen mich um!"

„Na und?" Paul spuckte auf den Boden. „Wenn ich jedes Mal eingeknickt wäre, nur weil einer droht, mich umzubringen, hätte ich diesen Job keine Woche durchgehalten."

Der Typ, der Paul am Kragen hielt, schubste ihn zurück. „Okay, Alter. Reicht jetzt. Du willst Ärger? Hier ist dein Ärger." Er griff in seine Jacke, und Paul wusste genau, was gleich kommen würde.

Aber bevor der Kerl seine Waffe ziehen konnte, bewegte sich Paul schneller, als man es ihm zugetraut hätte. Seine Faust krachte in das Gesicht des Mannes, mit der Wucht von drei Jahrzehnten Zorn und Frustration. Der Typ taumelte zurück, Blut tropfte aus seiner Nase.

Der größere Typ stürmte auf Paul zu, doch Paul war bereit. Mit einem gezielten Tritt gegen das Knie des Mannes brachte er ihn zu Fall. Die Zeit auf dem Bock hatte ihn vielleicht steif gemacht, aber seine Reflexe waren immer noch da.

„Raus hier!" rief Paul dem Beifahrer zu, während die beiden Typen sich sammelten.

„Was?" Der Mann starrte ihn an, als wäre Paul verrückt.

„Du hast zwei Beine, oder? Dann renn, du Idiot!"

Der Typ zögerte, aber als die beiden Männer sich wieder aufrichteten, rannte er los, so schnell ihn seine Beine trugen. Paul sah ihm nach und wusste, dass er wahrscheinlich nie wieder von ihm hören würde.

Die Männer wischten sich Blut und Dreck aus dem Gesicht. „Das wirst du bereuen, Alter“, knurrte der kleinere von ihnen. Doch bevor sie sich weiter auf Paul stürzen konnten, ertönten die Sirenen eines Polizeiwagens, der auf den Parkplatz rollte.

Paul steckte die Hände in die Taschen seiner Jeans und grinste breit. „Na, Jungs? Wollt ihr mit den Cops über eure kleine Show hier reden?“

Die Männer zögerten, warfen sich einen Blick zu und verschwanden dann wortlos in ihrem SUV, bevor der Polizeiwagen anhalten konnte. Paul sah ihnen nach, nahm noch einen tiefen Zug von seiner Zigarette und wandte sich dann an die Polizisten, die ausgestiegen waren.

„Alles in Ordnung hier?“ fragte einer von ihnen, ein beleibter Mann mit müdem Blick.

„Klar“, sagte Paul, als wäre nichts passiert. „Nur ein kleiner Streit unter Freunden. Ich pack's jetzt wieder an. Berlin wartet.“

Zurück in der Kabine ließ Paul den Motor an, das Brummen beruhigte ihn wie immer. Er blickte auf den leeren Beifahrersitz, zog an seiner Zigarette und murmelte: „Vielleicht sollte ich doch mal über die Rente nachdenken.“

Dann trat er aufs Gas und fuhr los, die Dunkelheit verschluckte ihn und den Laster wie immer.

Die Straßen vor Paul lagen wie ein schwarzes, endloses Band. Der alte MAN brummte beruhigend unter ihm, aber sein Herz schlug schneller als gewöhnlich. Die Szene vorhin hatte ihm zugesetzt, auch wenn er es sich nicht eingestehen wollte. Drei Jahrzehnte auf der Straße, und es gab immer noch Idioten, die dachten, sie könnten ihn einschüchtern.

Er blickte auf den leeren Beifahrersitz. „Verdammte Anhalter“, murmelte er und schlug mit der flachen Hand auf das Lenkrad. „Immer der gleiche Mist.“

Die Raststättenlichter verblassten im Rückspiegel, und Paul konzentrierte sich wieder auf die Straße. Er warf einen Blick auf die Uhr. Noch etwa 18 Stunden bis Berlin. Kein großes Ding – vorausgesetzt, es kam nicht noch mehr Scheiße dazwischen.

Gegen drei Uhr morgens, kurz vor der ungarischen Grenze, spürte Paul die Müdigkeit in seinen Knochen. Er fuhr auf einen Parkplatz, wo ein

Dutzend Laster in Reih und Glied standen, die Fahrer schlafend oder Karten spielend in ihren Kabinen.

Paul stellte den Motor ab, zog die Vorhänge zu und setzte sich schwer auf sein Bett. Er griff nach seiner Thermoskanne, aber sie war leer. „Natürlich", grummelte er. Stattdessen zog er eine weitere Zigarette aus der Packung, zündete sie an und ließ den Rauch langsam durch die Kabine ziehen.

Es klopfte plötzlich an der Tür.

Paul erstarrte, die Zigarette zwischen den Fingern. „Was zum Teufel...?" Niemand klopfte mitten in der Nacht einfach so an die Tür eines Truckers. Das war entweder ein Idiot – oder jemand, der Ärger machte.

Er öffnete das Fenster einen Spalt und blickte hinaus. Eine Gestalt stand dort, kaum sichtbar im schwachen Licht des Parkplatzes. Eine Frau. Dünn, mit einer Kapuze über dem Kopf.

„Was willst du?" fragte Paul schroff.

„Bitte", sagte sie, ihre Stimme kaum mehr als ein Flüstern. „Ich brauche Hilfe. Es ist... wichtig."

Paul seufzte. Er hatte genug von Fremden für eine Nacht. „Such dir einen anderen Laster, Süße. Ich bin kein verdammter Sozialarbeiter."

„Bitte", flehte sie. „Sie verfolgen mich."

Paul musterte sie. Ihre Stimme zitterte, und sie warf immer wieder nervöse Blicke über die Schulter. Verdammt, dachte er. Der gesunde Menschenverstand sagte ihm, die Tür verschlossen zu lassen. Aber irgendwas in ihrem Ton ließ ihn zögern.

Er öffnete die Tür einen Spalt. „Wer verfolgt dich?"

„Sie..." Sie verstummte, als plötzlich Scheinwerfer am anderen Ende des Parkplatzes auftauchten. Ein schwarzer SUV.

„Scheiße", murmelte Paul. „Steig ein."

Sie zögerte nicht, sprang in die Kabine und duckte sich auf den Beifahrersitz. Paul schloss die Tür und ließ den Motor an, gerade als der SUV näher kam.

„Was zur Hölle hast du angestellt?" fragte Paul, während er den Laster aus der Parklücke lenkte.

„Es ist kompliziert", sagte sie, die Hände fest um ihren Rucksack geklammert.

„Natürlich ist es das", knurrte Paul. „Das sagen sie immer, bevor die Kugeln fliegen."

Der SUV blieb an ihnen dran, seine Scheinwerfer blendeten in Pauls Rückspiegel. Er drückte aufs Gas, so viel, wie der alte MAN hergab, aber ein Kühllaster war kein Rennwagen. Die Straße vor ihnen war leer, nur die Dunkelheit und das schwache Licht seiner Scheinwerfer.

„Was ist in dem Rucksack?" fragte Paul scharf. „Ich hab genug von Geheimnissen."

„Papiere", antwortete sie. „Dokumente, die sie nicht haben sollen."

„Dokumente? Was für Dokumente?"

„Beweise", sagte sie, ihre Stimme jetzt fester. „Korruption, Schmuggel. Wenn ich die nach Budapest bringe, können sie nichts mehr vertuschen."

Paul fluchte laut. „Und warum, verdammt noch mal, bist du dann hier? Warum nicht Zug, Flugzeug, irgendwas Schnelleres?"

„Weil sie alle überwachen", sagte sie. „Ich brauchte jemanden, der improvisieren kann. Jemanden wie dich."

Paul schnaubte. „Ich bin kein verdammter Held. Ich bin ein alter LKW-Fahrer, der Käse und Kiwis durch Europa kutschiert."

„Aber du hast mich reingelassen", sagte sie leise. „Und das zählt."

Der SUV schloss auf, bis er direkt hinter ihnen war. Paul konnte die Silhouetten der Männer im Wagen erkennen. Einer von ihnen zeigte aus dem Fenster und schrie etwas, das er nicht verstand.

„Scheiße“, murmelte Paul und griff nach einem alten Brecheisen, das unter seinem Sitz lag. „Wenn die glauben, sie könnten mir meinen Laster abnehmen, haben sie sich geschnitten.“

„Was willst du tun?“ fragte die Frau, ihre Stimme voller Panik.

„Fahren“, knurrte Paul. „Und wenn das nicht klappt, gibt’s einen Plan B. Aber glaub mir, der gefällt denen nicht.“

Der SUV zog an ihnen vorbei, schnitt ihnen den Weg ab und zwang Paul, hart auf die Bremse zu treten. Der Laster kam mit einem kreischenden Geräusch zum Stehen.

Paul legte die Hand auf das Brecheisen und sah die Frau an. „Halt dich fest, Süße. Das wird hässlich.“

Der MAN-Kühllaster stand still, der Motor brummte leise, aber Pauls Herz pochte wie eine Dampfmaschine. Der schwarze SUV hatte quer vor ihm geparkt, die Scheinwerfer blendeten ihn, sodass er die Typen kaum sehen konnte, die jetzt ausstiegen. Vier Männer. Groß, breit, mit grimmigen Gesichtern und einer Ausstrahlung, die keinen Zweifel ließ: Sie waren hier, um Ärger zu machen.

Paul zog tief an seiner Zigarette, ließ sie dann ins übervolle Aschenbecherfach fallen. „Okay, Süße“, murmelte er, ohne die Frau anzusehen. „Wenn das hier schiefgeht, duck dich. Und wenn du die Chance siehst, abzuhauen, renn so schnell du kannst.“

„Was willst du tun?“ fragte sie, ihre Stimme zitterte.

Paul nahm das Brecheisen in die Hand und stieg langsam aus der Kabine. „Improvisieren.“

Die Männer kamen näher, einer von ihnen hielt etwas, das wie eine Pistole aussah, lässig an der Seite. „Hey, Alter!“ rief der größte von ihnen, ein Typ mit einem Glatzkopf, der aussah, als könnte er Bäume mit bloßen Händen fällen. „Wir wollen nur die Frau. Gib sie raus, und wir lassen dich in Ruhe.“

Paul grinste schief, das Brecheisen in der Hand. „Ihr lasst mich in Ruhe? Das klingt ja fast zu gut, um wahr zu sein. Aber weißt du was? Ich glaub euch nicht.“

Der Glatzkopf schüttelte den Kopf. „Sei kein Idiot, Opa. Du hast nichts mit der Sache zu tun.“

„Falsch.“ Paul trat einen Schritt nach vorne, der Kies unter seinen Stiefeln knirschte. „Ihr steht auf meiner verdammten Autobahn, blockiert meinen verdammten Laster und stört meinen verdammten Schlaf. Das macht es zu meiner Sache.“

Die Männer lachten, doch es war ein kaltes, berechnendes Lachen. Der Typ mit der Pistole hob sie ein Stück, nicht direkt auf Paul gerichtet, aber die Botschaft war klar. „Das ist deine letzte Chance, Alter."

Paul schnaufte, spuckte auf den Boden und hob das Brecheisen wie ein Baseballschläger. „Dann macht schon. Ich hab genug Zeit, um euch zu zeigen, was passiert, wenn man einen alten Trucker reizt."

Einer der Männer stürmte vor, vermutlich in der Annahme, Paul wäre ein leichter Gegner. Großer Fehler. Paul trat zur Seite, und mit einer fließenden Bewegung krachte das Brecheisen gegen das Knie des Kerls. Ein dumpfer Knall, ein Schrei, und der Typ fiel wie ein Sack Kartoffeln auf den Boden.

„Noch jemand?" fragte Paul und wirbelte das Brecheisen in der Hand, als hätte er sein ganzes Leben auf diesen Moment gewartet.

Die anderen Männer zögerten kurz, dann zog der Glatzkopf eine zweite Waffe. Jetzt war es ernst. Doch bevor er zielen konnte, ertönte ein ohrenbetäubendes Hupen. Paul drehte sich um und sah, wie ein anderer Laster, ein mächtiger Scania, mit voller Geschwindigkeit auf den SUV zuhielt.

„Was zur Hölle...?"

Der Scania rammte den SUV mit einem brutalen Aufprall, warf ihn zur Seite wie ein Spielzeugauto. Die Männer stoben auseinander, brüllend und fluchend, während der Scania zum Stehen kam. Der Fahrer sprang heraus – ein bulliger Kerl mit einem grauen Bart und einem breiten Grinsen.

„Paul, du alte Sau!" rief er. „Immer noch Ärger am Hals, was?"

„Boris?" Paul konnte es kaum fassen. Boris war ein alter Bekannter aus seinen frühen Tagen als Fahrer, ein Kerl, der immer für eine Schlägerei zu haben war. „Was machst du hier, du verrückter Hund?"

„Hab gesehen, wie die dich abdrängen, und dachte, ich komm mal vorbei und sag Hallo." Boris lachte laut und trat auf einen der Männer zu, der versuchte, sich aufzurappeln. Mit einem gezielten Tritt schickte er ihn zurück auf den Boden. „Wer sind die Arschlöcher?"

„Keine Ahnung", sagte Paul und zuckte die Schultern. „Aber sie wollten die Frau."

Boris schaute zur Kabine des MAN, wo die Frau vorsichtig aus dem Fenster schaute. „Die? Was hat sie gemacht?"

„Beweise gegen irgendwelche Schmuggler oder so." Paul spuckte wieder auf den Boden. „Alles kompliziert."

„Na dann", sagte Boris und rieb sich die Hände. „Wie wär's, wenn wir denen klarmachen, dass sie sich 'nen anderen Job suchen sollten?"

Die Männer begriffen schnell, dass sie verloren hatten. Nach ein paar weiteren Schlägen und einem knurrigen Versprechen von Boris, sie zu finden, wenn sie je wieder auftauchten, stiegen sie in ihren demolierten SUV und fuhren davon, so schnell sie konnten.

Paul lehnte sich gegen seinen Laster, das Brecheisen noch in der Hand. „Das war mal wieder was. Danke, Boris.“

„Kein Ding“, sagte der Riese. „Aber du schuldest mir 'n Bier, Alter. Und jetzt mach, dass du hier wegkommst, bevor sie Verstärkung holen.“

Paul nickte, stieg wieder in die Kabine und warf der Frau einen Blick zu. „Alles klar?“

Sie nickte, aber ihre Hände zitterten immer noch. „Danke.“

„Danke mir nicht“, murmelte Paul und ließ den Motor an. „Danke Boris. Und vielleicht überleg dir, ob das mit deinen Beweisen so 'ne gute Idee war.“

Während der Laster wieder auf die Straße rollte, warf Paul einen letzten Blick in den Rückspiegel. Die Nacht war wieder still, und das Brummen des Motors beruhigte ihn. Aber tief in seinem Inneren wusste er, dass er sich mit dieser Geschichte noch nicht das letzte Mal beschäftigen musste.

Paul fuhr schweigend weiter, die Hände fest um das Lenkrad geklammert. Die Frau auf dem

Beifahrersitz – er hatte ihren Namen immer noch nicht gefragt – schien endlich wieder durchatmen zu können. Doch ihre Augen blieben wachsam, als ob sie jederzeit mit weiteren Problemen rechnete.

„Was jetzt?" fragte Paul schließlich, seine Stimme rauer als gewöhnlich.

„Ich muss nach Budapest", sagte sie leise. „Dort treffe ich jemanden, der die Beweise an die richtigen Stellen weiterleiten kann."

Paul schnaubte. „Und wer garantiert, dass dieser Jemand nicht ein weiterer Idiot ist, der dich an die Typen da verkauft?"

Sie zuckte die Schultern. „Niemand. Aber ich hab keine andere Wahl."

Paul nickte langsam. „Na gut, Budapest also. Aber hör zu, Süße. Wenn noch mal so ein Scheiß passiert, bist du auf dich allein gestellt. Ich bin Trucker, kein verdammter James Bond."

„Verstanden", sagte sie und versuchte ein schwaches Lächeln.

Es war fast Morgen, als sie die ungarische Grenze erreichten. Paul wusste, dass hier die Kontrollen strenger waren, und er konnte nur hoffen, dass die Männer aus dem SUV ihnen nicht bereits die Hölle bereitet hatten. Er fuhr langsam auf die Grenzstation zu, das monotone Piepen des

Tachografen und das Brummen des Motors waren die einzigen Geräusche.

„Hast du einen Plan, falls sie deine Papiere durchsuchen wollen?" fragte Paul.

„Ich hab nichts zu verbergen", antwortete sie.

„Das sagen sie alle, bis die Hunde den Kofferraum wittern", murmelte Paul und drückte die Zigarette aus, die er gerade zu Ende geraucht hatte.

Die Beamten an der Grenze waren wie immer mürrisch. Einer, ein junger Typ mit zu großem Hut, winkte Paul zur Seite. „Papiere und Ladungsverzeichnis."

Paul reichte die Dokumente durch das Fenster. „Obst aus Griechenland. Kiwis und Orangen. Ich hab keinen Bock auf Drama."

Der Beamte ignorierte den Kommentar, sah sich die Papiere an und warf dann einen misstrauischen Blick auf die Frau. „Wer ist das?"

„Anhalterin", sagte Paul gleichgültig. „Braucht einen Lift nach Budapest."

Der Beamte starrte sie an. „Papiere."

Die Frau reichte ihm zögernd ihren Pass. Paul beobachtete sie genau. Ihre Hände zitterten kaum merklich, aber sie hielt den Blick fest auf den Beamten gerichtet. Der junge Mann blätterte durch den Pass, runzelte die Stirn und ging dann zu seinem Kollegen. Sie flüsterten kurz, bevor der Kollege nickte.

„Bleiben Sie hier“, sagte der Beamte und verschwand mit den Dokumenten in einem kleinen Büro.

„Großartig“, knurrte Paul. „Genau das, was ich gebraucht hab.“

Nach einer quälenden Viertelstunde kam der Beamte zurück, seine Miene unverändert. „Alles in Ordnung. Fahren Sie weiter.“

Paul startete den Motor, nickte knapp und rollte los. Erst als sie die Grenze hinter sich gelassen hatten, atmete die Frau hörbar auf. „Das hätte schiefgehen können.“

„Hätte?“ Paul lachte bitter. „Es ist noch nicht vorbei, Süße. Und ich hab das Gefühl, dass es schlimmer wird, bevor es besser wird.“

Die letzten Kilometer bis Budapest verliefen ohne weitere Zwischenfälle, doch die Spannung in der Kabine blieb spürbar. Die Frau gab ihm schließlich Anweisungen, wo er sie absetzen sollte – ein unscheinbarer Parkplatz in einem Industriegebiet am Stadtrand. Paul hielt an und sah sie an.

„Bist du sicher, dass du hier raus willst?“ fragte er.

„Ja“, sagte sie fest. „Mein Kontakt wartet in der Nähe.“

Paul nickte. „Na gut. Aber lass mich dir was sagen: Du bist entweder sehr mutig oder verdammt dumm, in dieser Nummer mitzumischen."

Sie lächelte schwach. „Vielleicht beides."

„Das wird dir nichts nützen, wenn die Typen dich wiederfinden", brummte Paul und tippte sich an die Stirn. „Pass auf dich auf."

Sie griff nach ihrem Rucksack, hielt dann aber inne. „Danke, Paul. Ohne dich wäre ich..." Sie hielt inne, suchte nach den richtigen Worten. „Ich schulde dir was."

„Du schuldest mir gar nichts", sagte Paul schroff. „Ich hab meinen Job gemacht, das ist alles."

Mit diesen Worten stieg sie aus und verschwand in der Dunkelheit, bevor Paul etwas erwidern konnte. Er saß noch einen Moment da, dann ließ er den Motor wieder an. Das Brummen des Lasters erfüllte die Stille, und Paul fühlte, wie die Spannung langsam von ihm abfiel.

Er warf einen letzten Blick in den Rückspiegel und murmelte: „Viel Glück, Süße. Du wirst es brauchen."

Dann trat er aufs Gas und machte sich auf den Weg zurück nach Berlin – wieder nur er, der alte MAN, und die endlose Straße vor ihm.

Paul wurde müde und entschied, auf der nächsten Raststätte noch einen Kaffee zu trinken.

Ungefähr 50 Kilometer nach Budapest rollte er rechts raus, suchte sich einen Parkplatz, und besorgte sich in der Tankstelle einen doppelten Espresso. Er nahm den Becher mit zum LKW, weil er keine Lust hatte, sich in der Tankstelle in irgendwelche Friseurgespräche verwickeln zu lassen. Paul machte es sich bequem auf seinem Fahrersitz, zündete sich eine Kippe an und dachte: „Verdammte Scheiße, wär' ich nur schon in Berlin...", aber das war noch eine gewaltige Strecke, die er zu bewältigen hatte. Er war mit Kippe und Kaffee gerade halb eingenickt, als er ein zaghaftes Klopfen an seiner Tür hörte. Er schrak zusammen, blickte aus dem Fenster und sah eine relativ junge Frau neben seinem LKW stehen.

„Aha, ungarische Raststättennutte", dachte er und öffnete das Fenster einen Spalt.

„Hallo Schatz, blasen mit Gummi fumpsig E-uro", hörte er. Er wollte schon garstig werden und das Fenster wieder schließen, als er es sich anders überlegte.

„30 Euro und zwei Schachteln Marlboro", entgegnete er.

„Nein, fumpsig E-uro".

„Dann hau ab, ist mir zu teuer."

„Na gut vierssig E-uro und zwei Marlboro, okay?"

„Okay, komm rein".

Er entriegelte die Beifahrertür und die Frau stieg ein. Paul wollte sie in seine Schlafkoje dirigieren, aber nein, sie wollte nicht.

„Machs du Vorhang zu bleibs auf deine Sitz".

Paul hatte keine Lust, zu diskutieren, schloss die Vorhänge, und ließ sie machen, nicht ohne auf ihre Forderung einzugehen, im Voraus zu bezahlen. Sie machte ihre Sache gut, blies ihm die Hörner gerade und keine zehn Minuten später knallte die Beifahrertür, und sie war wieder weg.

„Eigentlich ne feine Sache", dachte Paul entspannt, „vierzig Euro gelöhnt, der Druck ist weg, und ich hab wieder meine Ruhe."

Paul trank seinen inzwischen kalten Espresso aus, rauchte noch eine und startete den Motor.

Die Straße vor ihm war ein endloses graues Band, das sich unter den Reifen des alten MAN-Lasters ausrollte. Paul hatte diese Strecke so oft gesehen, dass sie ihm längst wie ein böser Witz vorkam. Die Kilometersteine am Rand waren wie die Ticks einer Uhr, die langsam und unbarmherzig seinen Lebenslauf absteckten. Er war müde. Nicht nur körperlich, sondern auch geistig – eine Müdigkeit, die selbst ein starker Kaffee oder ein paar Stunden Schlaf auf einer unbequemen Matratze nicht vertreiben könnten.

Paul rauchte die nächste Zigarette, vielleicht die dreißigste an diesem Tag, und starrte auf den Asphalt vor ihm. Die monotonen weißen Streifen der Fahrbahnmarkierungen hypnotisierten ihn fast. Das Radio spielte einen alten Schlagersong, aber er achtete nicht darauf. Sein Geist war woanders, zurück in den 30 Jahren, die er auf diesen verdammten Straßen verbracht hatte.

Er erinnerte sich an die Anfänge. Damals war er noch jung, voller Energie und Träume, als er seinen ersten Laster fuhr. Es hatte etwas Abenteuerliches gehabt, quer durch Europa zu fahren, fremde Orte zu sehen, die Freiheit des Asphalts zu spüren. Aber das war lange her. Jetzt war die Freiheit nur noch eine Illusion, und die Straßen waren zu einem Käfig geworden.

Er dachte an die Jahre, die an ihm vorbeigerauscht waren. Dutzende Weihnachtsfeste, die er auf einem Parkplatz in der Pampa verbracht hatte, während die Welt feierte. Geburtstage, die er vergessen hatte, weil er irgendwo zwischen Thessaloniki und Belgrad in einem Stau stand. Beziehungen, die zerbrachen, weil niemand lange mit einem Mann zusammenbleiben wollte, der mehr Zeit mit seinem Laster als mit seiner Familie verbrachte.

Er zog den Laster auf eine Raststätte irgendwo in Bayern. Die Zapfsäulen glitzerten im kalten Morgenlicht, und der Geruch von Diesel und altem Frittierfett lag in der Luft. Paul stieg aus, dehnte seinen Rücken und spürte das vertraute Knacken seiner müden Knochen. Der Kaffeeautomat im Inneren der Raststätte spuckte ihm einen lauwarmen, bitteren Becher aus. Er nahm einen Schluck und verzog das Gesicht.

„Das Zeug könnte 'nen Toten wecken", murmelte er vor sich hin und setzte sich an einen der Plastikstühle, die unter dem Gewicht von Jahrzehnten schmieriger Fahrer wie ihm knarrten.

Er beobachtete die anderen Trucker, die genauso müde und ausgelaugt aussahen wie er selbst. Manche sprachen miteinander, manche starrten nur auf ihre Handys. Keiner von ihnen lachte. Paul dachte an das Klischee des freien, ungebundenen Fernfahrers, das in den Köpfen der Leute spukte. Freiheit, dachte er bitter. Freiheit ist ein verdammter Mythos.

Wieder auf der Autobahn, kämpfte Paul gegen die aufkommende Müdigkeit an. Er schlug sich leicht gegen die Wange, ließ das Fenster herunter, um die kalte Luft hineinzulassen, und drehte das Radio lauter. Aber nichts half wirklich. Seine

Augenlider wurden schwer, seine Gedanken drifteten wieder ab.

Er dachte an all die Gesichter, die er im Laufe der Jahre gesehen hatte. Gesichter von Anhaltern, von Polizisten, von Kellnerinnen an Raststätten, die ihm Kaffee mit einem müden Lächeln servierten. Sie verschwammen in seinem Kopf, wurden zu einem endlosen Strom von Menschen, die in seinem Leben auftauchten und genauso schnell wieder verschwanden.

Paul fragte sich, warum er das überhaupt noch machte. Dreißig Jahre auf derselben Strecke, immer wieder dieselben Städte, dieselben Grenzkontrollen, dieselben Gespräche mit zynischen Lagerarbeitern. Wofür? Für ein Haus, das er kaum je sah? Für eine Rente, die er vielleicht nicht einmal erleben würde? Er hatte keine Antwort.

Die Müdigkeit kroch wie ein Gift durch seinen Körper. Paul merkte, dass seine Augenlider schwerer wurden, aber er konnte sich nicht zwingen, schon wieder an einer Raststätte zu halten. „Noch ein Stück", murmelte er vor sich hin. „Nur noch ein Stück."

Seine Augen schlossen sich für einen Moment, und der Laster begann nach rechts zu driften. Plötzlich riss ihn das Geräusch der Reifen, die über den Seitenstreifen holperten, aus seinem

Sekundenschlaf. Er fuhr erschrocken zusammen, riss das Lenkrad herum und brachte den Laster wieder auf die Spur.

„Verdammt!“ Pauls Herz raste, sein Atem ging schwer. Er öffnete das Fenster ganz, ließ die kalte Luft auf sein Gesicht prallen. „Konzentrier dich, Paul“, knurrte er, „oder du bist tot, bevor du Berlin siehst.“ Paul saß noch immer auf seinem knarzenden Ledersitz, der Motor brummte beruhigend unter ihm, und die Straße zog sich wie ein endloses Band vor ihm hin. Der Gedanke an die Monotonie dieses Lebens kroch wieder in seinen Kopf, zäher und unerbittlicher als je zuvor. Dreißig Jahre – was hatte er davon? Die gleiche verdammte Strecke, die gleichen Schlaglöcher, die gleichen Lagerarbeiter, die ihn mit mürrischen Blicken bedachten. Freiheit? Ha! Das Wort fühlte sich wie ein Hohn an. Was für eine Freiheit war das, die ihn an die Straße kettet, an einen Job, der sein Leben verschluckte, bis kaum mehr etwas übrig war?

Er erinnerte sich an die Worte eines anderen Fahrers, den er vor Jahren in einer Raststätte getroffen hatte. „Dieser Job ist wie ein endloses Lied“, hatte der Mann gesagt, „und nach einer Weile hörst du auf, die Melodie zu mögen. Aber du kannst sie nicht abschalten.“ Damals hatte Paul darüber gelacht, doch jetzt fühlte er, wie wahr diese

Worte waren. Die Straße war wie ein Kaugummi, der sich in seinem Kopf festgesetzt hatte – zäh und geschmacklos, aber irgendwie unvermeidlich.

Er dachte an seine Scheidung. Das war vor über zehn Jahren gewesen, aber die Erinnerungen fühlten sich frisch an. Susanne – sie hatte Geduld mitgebracht, mehr, als er verdient hatte. Doch nach fünfzehn Jahren hatte sie genug von Weihnachten allein, von Geburtstagen ohne ihn, von Wochenenden, die sie mit Freunden verbrachte, während Paul irgendwo zwischen Berlin und Thessaloniki einen Laster voller Pseudo-Feta steuerte. Sie hatte geweint, als sie ihre Sachen packte, aber Paul hatte keine Tränen übrig. Er hatte sich nicht einmal dagegen gewehrt. Was hätte er sagen sollen? „Bleib, Schatz, ich verspreche, mich zu ändern"? Er wusste, dass er es nicht könnte. Dieser Job ließ keine Kompromisse zu.

Nach der Scheidung hatte er versucht, neu anzufangen. Es gab ein paar Frauen, aber keine blieb lange. Wer wollte schon jemanden, der die Hälfte des Jahres nicht da war und die andere Hälfte so müde, dass er kaum mehr tat, als zu rauchen und zu schlafen? Selbst die Frauen, die wie er in diesem Nomadenleben gefangen waren – Kellnerinnen in Raststätten, andere Fahrerinnen – wollten mehr, als Paul geben konnte. Er hatte aufgegeben. Er sagte sich, dass er keine Gesellschaft brauchte, dass er mit seinem alten MAN und einer Thermoskanne Kaffee alles hatte, was er wollte. Aber manchmal, wenn er auf einem dunklen Parkplatz lag und nur das Summen der Neonlampen hörte, spürte er das Gewicht seiner Einsamkeit. Es war wie eine Last, schwerer als jede Ladung, die er je gefahren hatte.

Seine Gedanken wanderten zu den Anhaltern, die er über die Jahre mitgenommen hatte. Sie waren wie flüchtige Schatten in seinem Leben, kurz da und dann wieder verschwunden. Jeder hatte eine Geschichte, aber keiner blieb lange genug, um wirklich eine Rolle zu spielen. Da war der Musiker gewesen, der mit seiner rostigen Gitarre alte Lieder sang. Oder die junge Deutsche, die nach Athen wollte, um „sich selbst zu finden". Paul hatte sie aus reinem Zynismus mitgenommen, doch sie hatte ihn genervt mit ihrem Gerede über vegane Ernährung und Yoga. Er hatte sie an der nächsten Raststätte abgesetzt, aber manchmal fragte er sich, ob sie tatsächlich gefunden hatte, wonach sie suchte.

Und dann war da Lena, die Frau, die er in dieser Nacht mitgenommen hatte. Sie war anders gewesen, ernst und wachsam, mit einer Entschlossenheit, die ihn beeindruckte. Paul fragte sich, woran sie wohl gedacht hatte, während sie in seiner Kabine saß und auf die Straße starrte. Hatte sie Angst gehabt? Oder hatte sie darüber nachgedacht, ob ihre Entscheidung, diese „Beweise" mitzunehmen, es wert war? Vielleicht hatte sie sich gefragt, warum ein alter Trucker wie er überhaupt bereit war, ihr zu helfen. Paul konnte es ihr nicht sagen. Vielleicht war es Mitleid gewesen, oder vielleicht war es einfach die Langeweile, die ihn zu ihr trieb. Wer wusste das schon?

Er dachte an den Mann, den er vorher mitgenommen hatte, den Typen mit dem zu großen Rucksack und den ruhelosen Augen. Auch der hatte eine Geschichte gehabt, aber Paul hatte sie nie ganz erfahren. War er wirklich vor irgendwem weggelaufen? Oder war er nur ein weiterer verlorener Mensch, der hoffte, dass die Straße ihm eine Richtung geben würde? Paul hatte ihn nicht gefragt, und jetzt war es zu spät.

Die Raststätte in Bayern war ruhig, als Paul seinen MAN parkte und sich einen weiteren Kaffee holte. Er saß da, betrachtete die anderen Fahrer und fragte sich, wie viele von ihnen genauso verloren waren wie er. Sie alle hatten ihre Geschichten, doch keiner sprach darüber. Stattdessen tranken sie ihren schlechten Kaffee, aßen ihre fettigen Würstchen und taten so, als wären sie zufrieden. Paul fragte sich, ob er je wirklich zufrieden gewesen war. Vielleicht in den frühen Jahren, als die Straße noch neu und aufregend war. Aber diese Zeit war lange vorbei.

Zurück auf der Autobahn fühlte sich die Kabine seines Lasters plötzlich enger an als sonst. Die Stille lastete schwer auf ihm, und er ließ das Radio laufen, um sie zu vertreiben. Doch selbst die Musik konnte seine Gedanken nicht zum Schweigen bringen. Er dachte an die Frau, die er in Budapest abgesetzt hatte. Hatte sie es geschafft? Oder war sie nur eine weitere Figur in einem endlosen Spiel, das niemand gewinnen konnte? Paul würde es nie erfahren.

Doch die Müdigkeit war wie eine Flut, die langsam, aber unaufhaltsam alles überschwemmte. Paul kämpfte verzweifelt dagegen an, aber die Straße vor ihm war wie ein endloser Fluss aus Nichts. Der Tachometer zeigte 80, dann 90 km/h, als Paul wieder einmal die Augen schloss – nur für einen Moment, dachte er.

Ein grelles Licht blitzte auf, gefolgt von einem ohrenbetäubenden Knall. Der Laster schlingerte, Pauls Kopf wurde gegen das Lenkrad geschleudert, und für einen Augenblick herrschte absolute Stille. Dann hörte er ein Zischen, das von der Druckluft der Bremsen kam, und das Krachen von Metall auf Metall.

Paul blinzelte, aber alles war verschwommen. Die Welt um ihn herum war still, abgesehen von den entfernten Schreien und dem Geräusch von Glassplittern, die auf den Asphalt fielen. Er versuchte, sich zu bewegen, doch sein Körper fühlte sich schwer an, als würde er in einer zähen Flüssigkeit stecken.

„Was...?" murmelte er, aber die Worte kamen nur als ein schwaches Röcheln aus seiner Kehle. Sein Kopf sank nach vorne, und die Dunkelheit zog ihn langsam in ihre kalten Arme.

Obwohl Pauls Bewusstsein langsam verblasste, war ein letzter Gedanke noch klar in seinem Kopf: War das alles? Dreißig Jahre auf der Straße, nur um hier zu enden, eingeklemmt zwischen Stahl und Beton? Kein epischer Schluss, kein großer Moment – nur ein Crash, der genauso schnell vorbei war, wie er gekommen war.

Die Dunkelheit wurde dichter, und Paul ließ los.

5. Im Kohlenpott

Ein schrilles Piepen riss Willi aus dem Schlaf, der verdammte Wecker, der sich wie ein Bohrer in seinen Schädel fraß. Es war 3:30 Uhr morgens, Frühschicht. „Scheiß Leben", murmelte er und schlug das Ding aus wie einen lästigen Fliegenfänger. Daneben schnarchte Gabi, seine Frau, als würde sie mit einem Presslufthammer konkurrieren.

„Ey, du Dampframme, hör auf zu sägen, ich muss gleich malochen!" Aber Gabi reagierte nicht. Warum auch? Die letzten zehn Jahre hatten sie beide zu Meistern des Ignorierens gemacht.

Im Bad spritzte er sich kaltes Wasser ins Gesicht. Der Spiegel zeigte ihm einen Typen, der aussah, als hätte er drei Tage in einer Grube verbracht – tief eingesunkene Augen, Bartstoppeln und Haut, die vor Kohlenstaub nur so schrie. „Willi, alter Kumpel, du wirst auch nicht jünger", sagte er zu sich selbst und klatschte die billige Rasiercreme ins Gesicht.

In der Küche stand noch der Kaffee von gestern. Bitter wie sein Leben, aber stark genug, um ihn wenigstens bis zum Schichtbeginn wachzuhalten. Der Kühlschrank war fast leer, außer ein paar Flaschen Bier und einem Rest Frikadelle von letzter Woche.

„Na super. Frühstück aus der Hölle", grummelte er und griff nach der Brotdose, die Gabi am Abend zuvor nur halbherzig gefüllt hatte. Zwei Scheiben Brot, ein Hauch Butter und eine Wurst, die aussah, als hätte sie schon bessere Tage gesehen.

Willi schnappte sich seinen Sturzhelm, zog die spröde gewordene Kunstlederjacke an und begann, sein altes Moped anzutreten. Nach dem neunten Versuch fing es endlich an zu knattern, und der Auspuff qualmte wie ein russischer Nebelwerfer. Die Luft stank nach Regen und Kohle – sein Ruhrgebiet. Kein schöner Ort, aber wenigstens vertraut.

Am Schacht angekommen, begrüßten ihn seine Kumpels mit einem Nicken. „Morgen, Willi. Auch wieder Bock auf's Paradies?" fragte Manni, ein bulliger Typ mit Händen wie Baggerschaufeln. „Halt die Fresse, Manni", knurrte Willi, aber ein

Lächeln schlich sich dennoch auf seine Lippen. Die Jungs waren das Einzige, was ihn bei der Stange hielt.

Ab in die Waschkaue. Willi zog die schwere Bergmannskluft an, schnappte sich seinen Helm und stapfte Richtung Förderkorb.

Ratternd und klappernd ging's runter. Tiefer und tiefer, bis der Druck auf den Ohren fast unerträglich wurde. Unten war es stickig, heiß, und der allgegenwärtige Kohlenstaub setzte sich in jede Pore.

Die Schicht war hart. Willi hackte, schaufelte und fluchte, während der Schweiß in Strömen lief. Die Maschinen ratterten, und der Boden bebte unter ihren Füßen. Er dachte an nichts, außer an den nächsten Handgriff. Nachdenken war gefährlich – über die Ehe, die Kohle, das Leben an sich. Also schob er alles zur Seite, genauso wie die Tonnen von Geröll, die ihm im Weg lagen.

Nach acht Stunden kam Willi wie ein lebendiger Schatten aus dem Schacht. Die Sonne blendete, und die Luft roch plötzlich viel zu sauber. „Auf zur Kneipe", sagte er zu Manni, der nickte, als hätte er auf diese Worte nur gewartet.

Die Kneipe war verraucht, laut, und das Bier floss in Strömen. Willi leerte ein Glas nach dem anderen, bis sich die Härte des Tages langsam in einen dumpfen Schleier verwandelte. „Scheiß Arbeit, scheiß Ehe, scheiß alles", lallte er, und Manni lachte. „Willkommen im Club, Kumpel."

Die Haustür knarrte, als Willi sie aufdrückte. Er schmiss seine Tasche in den Flur, zog die verdreckten Stiefel aus und spürte, wie seine Socken auf dem abgewetzten Linoleumboden kleben blieben. Der Flur roch nach abgestandenem Bier, altem Bratenfett und etwas, das er nicht näher definieren wollte. Willkommen zu Hause.

Gabi saß wie immer auf der Couch, in ihrer typischen Haltung: breitbeinig, eine Hand in der Chipstüte, die andere auf der Fernbedienung. Der Fernseher flimmerte, irgendeine drittklassige Quizshow, bei der Kandidaten mit Gesichtern wie Schlachtplatten sich um 500 Euro prügelten.

„Na, Herr Graf Arschloch kommt auch mal nach Hause!" Ohne ihn anzusehen, spuckte sie die Worte raus, während sie ein paar Chips in ihren Mund stopfte. Die Krümel rieselten wie Schnee auf ihren Schlabberpulli.

Willi stöhnte. „Kannst du dir die Sprüche nicht mal klemmen? Ich hab'n Tag hinter mir, da würdest du schon bei der Hälfte zusammenklappen."

Gabi drehte sich zu ihm, ihre Augen blitzten. „Ach, der feine Herr Hauer hat mal wieder 'nen harten Tag gehabt? Soll ich dir vielleicht die Füße massieren, oder reicht dir 'ne Parade mit Blaskapelle?"

„Füße massieren? Du kriegst ja nicht mal 'ne anständige Mahlzeit hin!" Willi zeigte auf die Spüle, wo sich das schmutzige Geschirr stapelte. „Hier sieht's aus wie bei Hempels unterm Sofa. Aber Hauptsache, du sitzt hier rum und frisst Chips wie'n Scheiß-Panzerknacker!"

„Ey, pass auf, was du sagst!" Gabi war jetzt voll auf Betriebstemperatur. „Ich hock hier rum, weil ich's mit dir nicht mehr aushalte, du blöder Klotzkopf! Den ganzen Tag bin ich alleine, und wenn du kommst, bringst du nix außer Kohlenstaub und schlechte Laune mit."

Willi riss den Kühlschrank auf. „Alleine, ja? Und was machst du den ganzen Tag? Kaffeekränzchen mit Uschi? Lästerst über die Nachbarn? Oder guckst du dir noch mehr von diesem Dreck im Fernsehen an?" Er zog eine Flasche Bier raus, drehte den Deckel ab und nahm einen tiefen Schluck. „Kein Wunder, dass ich lieber in der Kneipe sitz."

Gabi sprang auf. „Ja, genau! Die Kneipe! Dein heiliger Tempel! Weißt du was, Willi? Bleib doch einfach da, dann brauch ich deinen Scheiß hier nicht mehr ertragen."

„Gerne! Lieber da als bei dir!"

Willi und Gabi standen sich gegenüber, wie zwei Boxer im Ring, schwer atmend und mit knallroten Gesichtern. Dann brach Gabi plötzlich in Gelächter aus. Aber es war kein fröhliches Lachen, sondern eines, das aus Zynismus und Wut bestand. „Weißt du was, Willi? Du bist ein Witz. Ein kaputter, armseliger Witz."

Das saß. Willi schluckte sein Bier runter, knallte die leere Flasche auf den Tisch und drehte sich zur Tür. „Ich geh pennen. Mach, was du willst."

Er knallte die Tür zum Schlafzimmer hinter sich zu, legte sich auf die durchgelegene Matratze und starrte an die Decke. Es war immer das Gleiche. Gleicher Streit, gleiche Worte, gleiche Scheißstimmung. Aber warum war er überhaupt noch hier? Wegen der paar Jahre, die sie mal gut miteinander gehabt hatten? Wegen den blöden Erinnerungen an die Tage, als sie noch gelacht hatten? Oder war es einfach die Gewohnheit – das dumpfe Gefühl, dass alles andere noch beschissener wäre?

Gabi stand noch eine Weile im Wohnzimmer, die Hände in die Hüften gestemmt. Der Fernseher lief weiter, aber sie hörte ihn nicht mehr. Ihr Kopf war voller Gedanken, und alle drehten sich um diesen starrköpfigen Mann, der da hinten im Schlafzimmer lag.

„Warum bist du eigentlich noch hier, Gabi?“ fragte sie sich selbst leise. Sie nahm einen Schluck von ihrem abgestandenen Cola-Rum, den sie vor einer Stunde eingeschenkt hatte. Sie hätte schreien können vor Wut. Aber worüber eigentlich? Über Willi, der sich seit Jahren nicht verändert hatte? Oder über sich selbst, weil sie zu feige war, den ganzen Mist endlich zu beenden?

Früher war alles anders. Willi war kein einfacher Mann, aber damals hatte er Charme. Er hatte sie zum Lachen gebracht, sie zum Tanzen aufgefordert, ihr das Gefühl gegeben, dass sie etwas Besonderes war. Und jetzt? Jetzt war er nur noch ein Schatten seiner selbst – müde, schweigsam und mit einem Alkoholproblem, das er nicht mal versuchte zu verstecken.

Aber Gabi wusste auch, dass sie nicht unschuldig war. Sie hatte sich gehen lassen. Früher hatte sie sich hübsch gemacht, ihm mal was Besonderes gekocht, ein bisschen Pfeffer in die Ehe gebracht. Jetzt reichte es gerade noch, sich die Haare aus dem Gesicht zu kämmen, bevor sie zur Tür ging, um die Post zu holen.

„Scheiß Leben“, murmelte sie und schaltete den Fernseher aus. Dann griff sie nach einer Zigarette, zündete sie an und pustete den Rauch in die stickige

Luft des Wohnzimmers. „Scheiß Leben“, wiederholte sie, diesmal etwas lauter.

Willi wachte auf, als die Sonne schon längst aufgegangen war. Spätschicht heute. Er hätte ausschlafen können, aber sein Rücken schmerzte, und die Matratze fühlte sich an wie eine Betonplatte. Neben ihm schnarchte Gabi – anscheinend war sie irgendwann doch ins Bett gekommen.

Er setzte sich auf die Bettkante, rieb sich die Augen und starrte auf seine Hände. Rau und rissig, mit Kohlenstaub unter den Nägeln, trotz all dem Schrubben unter der Dusche. Er dachte daran, wie er hier gelandet war. Als Junge hatte er geträumt, etwas Großes zu machen. Vielleicht raus aus dem Pott, irgendwohin, wo es nicht immer nach Kohle und Hoffnungslosigkeit roch. Aber dann war der Bergbau gekommen – gutes Geld, harte Arbeit, und irgendwie hatte das gereicht.

Doch jetzt? Jetzt war er 48, körperlich am Ende, und die besten Jahre hatte er in staubigen Schächten gelassen. Gabi und er waren wie zwei Fremde, die sich aus Gewohnheit ein Dach teilten. Und draußen im Revier wartete nichts, außer mehr Kohle, mehr Bier und mehr Nichts.

„Zeit für Kaffee“, murmelte er und trottete in die Küche.

Die Kaffeemaschine blubberte und röchelte wie ein alter Mann, der gerade aufstehen musste. Willi starrte darauf, als würde sie ihm Antworten geben können. Antworten auf Fragen, die er sich schon lange nicht mehr laut zu stellen traute: Was mache ich hier noch? Warum tu ich mir das alles an? Gibt es überhaupt eine Zukunft?

Als er sich schließlich eine Tasse einschenkte, war der Kaffee dünn und schmeckte wie Abwaschwasser. Gabi hatte billiges Pulver gekauft, irgendeinen No-Name-Dreck aus dem Discounter. „Passt ja zu unserem Leben", murmelte Willi und nahm trotzdem einen Schluck.

Hinter ihm hörte er, wie Gabi in die Küche kam. Ihre Hausschuhe schlurften über den Boden, und sie zog den Morgenmantel enger um sich. Sie sah aus, als hätte sie eine Woche nicht geschlafen. Ihre Augen waren geschwollen, und ihre Haare standen in alle Richtungen.

„Morgen", sagte sie tonlos und griff nach der Kaffeekanne.

„Morgen", erwiderte Willi, ohne sie anzusehen.

Das war's. Kein weiterer Austausch. Kein „Hast du gut geschlafen?" oder „Was hast du heute vor?" – das hatten sie schon vor Jahren aufgegeben. Stattdessen nur das dumpfe Schweigen, das zwischen ihnen hing wie ein dicker Vorhang aus Enttäuschung und Resignation.

Gabi war dabei, die Spüle auszuräumen, als Willi anfing, sein Frühstück zu machen. Ein paar Scheiben Brot, ein bisschen Butter, mehr gab der Kühlschrank nicht her.

„Hättest mal einkaufen gehen können“, brummte er, mehr zu sich selbst als zu ihr.

„Ach, ich? Ich soll einkaufen gehen?“ Gabi drehte sich zu ihm um, die Hände in die Hüften gestemmt. „Du bist doch der, der den ganzen Tag nur in Kneipen rumsitzt und sein Geld versäuft. Aber klar, ich soll den Kühlschrank füllen. Wie immer!“

„Ach, komm mir doch nicht mit dem Scheiß, Gabi“, knurrte Willi. „Ich bin der, der jeden Tag im Dreck steht und dafür sorgt, dass überhaupt Geld reinkommt. Und was machst du? Chips fressen und Fernsehen gucken!“

Das saß. Gabi knallte einen Teller so heftig auf die Spüle, dass er beinahe zersprang. „Weißt du was, Willi? Halt's Maul! Du hast keine Ahnung, was hier abgeht, während du dich mit deinen Kumpels besäufst. Ich mach alles hier – Wäsche, putzen, kochen – und du kommst rein wie der Kaiser von China und erwartest, dass ich dir noch den Hintern abwische.“

„Ja, und was ist hier alles gemacht?" Willi zeigte mit einem sarkastischen Grinsen auf die Spüle, die immer noch voller Geschirr war. „Sieht ja aus wie im Schweinestall."

„Weißt du was, Willi?" Gabi schnappte sich eine schmutzige Tasse und warf sie in seine Richtung. Sie verfehlte ihn nur knapp und zerschellte an der Wand hinter ihm. „Wenn's dir hier nicht passt, dann verpiss dich doch! Such dir 'ne andere Frau, die sich deinen Scheiß gefallen lässt!"

Willi starrte sie an, dann schüttelte er den Kopf und schnappte sich seine Brote. „Du bist echt nicht mehr ganz sauber", murmelte er und ließ sie stehen.

Der Rest des Vormittags verlief in völliger Stille. Willi hatte sich in die Ecke des Wohnzimmers verzogen, wo ein alter, durchgesessener Sessel stand. Er kaute mechanisch an seinen Broten und starrte ins Leere. Gabi war im Schlafzimmer verschwunden, und das war ihm nur recht.

Er dachte darüber nach, was Manni gestern in der Kneipe gesagt hatte. „Willi, du gehst kaputt daheim. Das sieht man dir an. Warum hauste nicht einfach ab? Lass die Alte sitzen, schnapp dir deine Sachen und fang nochmal neu an."

Aber wohin? Und womit? Willi hatte nichts, außer ein paar abgetragenen Klamotten, einen kaputten Rücken und ein Bankkonto, das kaum

genug hergab, um die Miete zu zahlen. Und Gabi ...
so sehr sie ihn auch ankotzte, irgendwie konnte er
sich ein Leben ohne sie nicht vorstellen. Sie war wie
ein verdammter Splitter, der wehtat, den man aber
nicht rausbekam.

Kurz vor seiner Schicht beschloss Willi, dass er
sich vorher noch ein Bier gönnen musste. Oder
zwei. Er schnappte sich seine Jacke, zog die Tür zu
und stapfte zur nächsten Kneipe.

„Na, Willi, schon wieder hier?" fragte die Wirtin
Ilse,eine stämmige Frau mit einer Stimme wie ein
Megafon.

„Wo sonst?" Willi setzte sich an den Tresen und
bestellte ein Pils. Das erste ging runter wie Öl, und
das zweite folgte gleich hinterher.

„Wie läuft's zuhause?" fragte Ilse mit einem
wissenden Grinsen.

„Wie immer – Scheiße", antwortete Willi und
leerte sein Glas. „Ich sag dir, Ilse, manchmal frag ich
mich echt, ob ich nicht einfach abhauen sollte."

Ilse lachte. „Ach, hör auf. Du bist ein Döskopp,
Willi. Wir bleiben alle hier. Mit unserer Kohle,
unseren Kerlen und Weibern und unserem Dreck."

„Ja", murmelte Willi. „Scheiß Leben, aber
wenigstens unseres."

Mit einem letzten Bier und einem kurzen Gruß an die anderen Gäste verließ er die Kneipe. Es war Zeit, wieder unter Tage zu gehen.

Der Schacht war wie immer. Dunkel, stickig und laut. Willi zog sich seine Kluft an, schnallte den Helm fest und stieg in den Förderkorb. Die Fahrt nach unten war wie ein Abstieg in die Hölle. Der Druck in den Ohren wurde stärker, und der metallische Geruch von Erde und Maschinenöl legte sich auf seine Zunge.

„Na, Willi, bist wieder voll motiviert?" fragte Manni, der wie immer ein Grinsen auf dem Gesicht hatte, das man ihm direkt aus der Fresse schlagen wollte.

„Halt's Maul Manni", grunzte Willi und überprüfte seine Lampe. Die flackerte kurz, stabilisierte sich dann. „Ich bin nicht in Stimmung für deinen Scheiß heute."

„Du bist nie in Stimmung, Kumpel", lachte Manni und schnappte sich eine Spitzhacke. „Vielleicht solltest du mal Urlaub machen. Oh, warte, das hast du ja schon. Wie war's an der Adria? Schön mit Gabi in der Sonne gebrutzelt?"

„Wenn du so weitermachst, hack ich dir das Ding in die Fresse", schnappte Willi und deutete auf Mannis Hacke. Das Lachen verstummte, aber nur kurz. Dann ratterte der Förderkorb, und sie waren unten.

Die Arbeit war wie immer: dreckig, monoton, gefährlich. Willi hackte sich durch den Kohleflöz, während der Schweiß von seiner Stirn tropfte. Es gab keine Gedanken mehr, keine Emotionen – nur die Maschine in seinem Kopf, die ihn weitermachen ließ.

Doch heute war irgendwas anders. Ein dumpfes Grollen zog durch den Schacht, als wäre die Erde selbst unzufrieden. Willi hielt inne und lauschte. „Habt ihr das gehört?" fragte er.

„Halt die Klappe, Willi, und arbeite weiter", sagte einer der anderen, ein junger Typ, der neu im Team war. „Das ist normal. Die alte Lady ächzt halt manchmal."

„Ja, und manchmal fällt sie uns auf den Kopf", murmelte Willi und machte weiter. Aber das Grollen hörte nicht auf.

Als Willi nach acht Stunden wieder ans Tageslicht kam, fühlte er sich wie ausgekotzt. Jeder Knochen in seinem Körper schrie nach Ruhe, aber er wusste, dass er keine finden würde. Nicht zu Hause, nicht in der Kneipe, nirgendwo.

„Willi, kommst noch auf'n Absacker?" fragte Manni, als sie ihre Sachen in der Waschkaue verstauten.

„Nee", sagte Willi und schüttelte den Kopf. „Ich hau ab. Muss mal meinen Kopf freikriegen."

Manni zuckte mit den Schultern. „Wie du meinst. Aber lass dich nicht von Gabi auffressen."

„Die hat mich längst gefressen", murmelte Willi und machte sich auf den Weg nach Hause.

Die Haustür klemmte wie immer, und Willi musste mit der Schulter dagegen drücken, um sie zu öffnen. Drinnen sah es aus wie am Morgen. Die Spüle war noch voller Geschirr, der Fernseher lief, und Gabi saß auf der Couch mit einem Glas Wein in der Hand.

„Na, der Herr Bergmann gibt sich die Ehre", sagte sie, ohne ihn anzusehen.

„Lass den Scheiß, Gabi. Ich hab heut genug um die Ohren gehabt."

„Ach, hast du das? Dann erzähl doch mal. Wie war's denn unten im Dreck? Wieder ordentlich auf die Fresse gefallen?" Sie nahm einen großen Schluck Wein und kicherte.

Willi ballte die Fäuste. „Ich hab keinen Bock auf dein blödes Gequatsche."

„Dann geh doch zurück in die Kneipe", schnappte sie zurück. „Da bist du doch sowieso lieber als hier."

Er wollte etwas erwidern, aber die Worte blieben ihm im Hals stecken. Stattdessen ging er in die

Küche, schnappte sich eine Bierflasche aus dem Kühlschrank und setzte sich in seinen Sessel. Der Fernseher lief im Hintergrund, und Gabi kommentierte jede Szene mit einem bissigen Kommentar. Es war wie immer.

Als die Uhr Mitternacht schlug, lag Willi wieder wach auf der Couch. Gabi war irgendwann ins Schlafzimmer verschwunden, und das ganze Haus war still. Nur das Ticken der Uhr durchbrach die Stille, ein monotones Geräusch, das ihn fast wahnsinnig machte.

Er dachte an den Schacht, an das Grollen, das heute stärker war als sonst. Es fühlte sich an, als würde die Erde selbst ihm eine Warnung schicken. Aber wovor? Vor dem nächsten Unglück unter Tage? Oder vor dem Leben, das er oben führte?

Willi schloss die Augen und versuchte zu schlafen. Aber in seinem Kopf ratterten die Gedanken wie eine defekte Maschine. Gabi, die Arbeit, die Kohle, die Kneipe, das ganze verdammte Leben. Alles drehte sich im Kreis, immer wieder, bis er irgendwann in einen unruhigen Schlaf fiel.

Doch selbst im Traum hörte er das Grollen.

Willi wurde von einem dumpfen Schmerz im Nacken wach, der durch die beschissene Couch nur schlimmer wurde. Die Uhr zeigte 6:45 Uhr, noch Stunden bis zur Spätschicht. Gabi war schon wach

– zumindest hörte er sie in der Küche rumoren, Töpfe klapperten, Wasser lief. Vielleicht wollte sie ihn wieder mit einer Ansage aus dem Bett locken.

Er setzte sich langsam auf, rieb sich die Augen und starrte aus dem Fenster. Es war ein typischer Tag im Ruhrgebiet – grauer Himmel, feuchte Luft und ein Nachbar, der schon wieder seinen verdammten Laubbläser angeschmissen hatte. „Scheiß Typ", murmelte Willi, stand auf und schlurfte in die Küche.

Gabi saß am Tisch, eine Kippe im Mundwinkel, den Aschenbecher voll mit halbgerauchten Stummeln. Vor ihr lag eine Zeitung, aber sie las nicht. Sie starrte Löcher in die Luft, als würde sie überlegen, wie sie den nächsten Streit am besten anzetteln konnte.

„Morgen", brummte Willi und griff nach der Kaffeekanne.

„Morgen", murmelte sie zurück, ohne ihn anzusehen.

„Was machst du heute?" fragte er schließlich, mehr aus Gewohnheit als aus Interesse.

„Weiß nicht", antwortete sie. „Vielleicht geh ich zu Uschi. Die hat wenigstens 'n bisschen was zu erzählen, nicht so wie du."

Willi biss sich auf die Lippe, um nicht direkt zurückzuschießen. Stattdessen nahm er seinen

Kaffee und setzte sich an den Tisch. „Uschi, ja? Die mit dem Maul wie 'ne Kläranlage?“

Gabi schnaubte. „Besser als die Säuferkumpels, mit denen du abhängst. Die redet wenigstens nicht nur über Bier und Fußball.“

Das saß. Willi leerte seinen Kaffee in einem Zug, knallte die Tasse auf den Tisch und stand auf. „Ich geh duschen“, knurrte er. „Mit dir reden ist wie mit 'ner Wand. Bringt nix.“

„Ja, geh doch! Und lass dir ruhig Zeit! Je länger du da drin bist, desto weniger muss ich dein dummes Gesicht sehen!“

Unter der Dusche ließ Willi das heiße Wasser über seinen Körper laufen. Der Druck auf seiner Brust ließ nicht nach – nicht von der Ehe, nicht von der Arbeit, nicht von der ganzen Scheiße, die ihn Tag für Tag auffraß. Früher hätte er das alles einfach weggelacht, aber heute? Heute fühlte es sich an, als hätte ihm das Leben jeden Witz gestohlen, den er je gekannt hatte.

Er dachte an Gabi, an ihre Worte, ihre Blicke. Sie hatten sich beide verändert, klar, aber die Liebe? Wo war die geblieben? Oder hatte sie sich nie richtig angefühlt? Vielleicht waren sie damals einfach zu jung gewesen, zu dumm, um zu begreifen, was eine Ehe bedeutete.

„Scheiß drauf", murmelte er, drehte das Wasser ab und griff nach dem Handtuch. Es brachte nichts, sich den Kopf zu zerbrechen. Nicht heute, nicht jetzt. Die Spätschicht wartete, und die Arbeit war das Einzige, was ihn wenigstens halbwegs ablenken konnte.

Der Vormittag verlief zäh wie altes Öl. Gabi hatte das Haus verlassen, vermutlich tatsächlich zu Uschi, und Willi saß allein im Wohnzimmer. Er hatte sich ein Bier aufgemacht – ja, es war früh, aber wen interessierte das noch? Der Fernseher lief, irgendeine verdammte Gerichtsshow, die er halbherzig verfolgte.

„Was für ein Scheißleben", murmelte er, während er an der Flasche nippte. Vor zwanzig Jahren hatte er gedacht, dass er irgendwann aus diesem Loch rauskommen würde. Vielleicht mit Gabi irgendwohin ziehen, wo die Luft besser war, wo der Himmel nicht immer grau war. Aber jetzt? Jetzt war er fast fünfzig, mit einem Rücken wie ein kaputtes Fließband und einem Leben, das sich anfühlte wie ein altes Kettenkarussell: Immer im Kreis, immer der gleiche Lärm.

Die Schicht begann wie jede andere. Willi und die Jungs fuhren in den Schacht, schnallten sich die Helme fest und machten sich an die Arbeit. Die Luft war schwer, der Kohlenstaub lag wie eine zweite Haut auf ihrem Gesicht, und das Grollen vom Vortag war wieder da.

„Hört ihr das?“ fragte Willi, während er mit der Spitzhacke auf den Flöz eindrosch.

„Ach, Willi, mach dich nicht verrückt“, sagte Manni, der neben ihm arbeitete. „Das ist nix. Nur die Erde, die ein bisschen zickt.“

„Ein bisschen zickt? Hörst du dir eigentlich zu?“ Willi wischte sich den Schweiß von der Stirn. „Das klingt, als würde die ganze Scheiße gleich zusammenbrechen.“

„Du bist echt ’n Schwarzmaler, weißt du das?“ Manni grinste und hackte weiter. „Wenn du jedes Grollen ernst nimmst, bist du bald so paranoid wie der alte Hannes. Der hat ja auch immer gesagt, der Berg will uns alle holen.“

„Vielleicht hat er recht“, murmelte Willi, bevor er wieder die Spitzhacke hob.

Es passierte gegen Ende der Schicht. Ein Rumpeln, lauter als je zuvor, und dann ein Knirschen, das durch die Stollen hallte wie ein höllischer Schrei. Die Erde begann zu zittern, und Willi spürte, wie der Boden unter seinen Füßen nachgab.

„Raus hier!“ brüllte Manni, aber es war schon zu spät. Ein gewaltiger Brocken stürzte von der Decke, und der Gang füllte sich mit Staub und Dunkelheit.

Willi schrie, doch der Lärm der einstürzenden Erde verschluckte seinen Ruf. Alles wurde schwarz. Der Kohlenstaub brannte in seinen Lungen, und das Grollen wurde immer lauter, bis es schließlich verstummte.

Willi wusste nicht, wie viel Zeit vergangen war. Er konnte nichts sehen, nichts hören. Die Dunkelheit war absolut, und der Schmerz in seinem Körper war so stark, dass er kaum atmen konnte.

„Scheiße“, flüsterte er. „Das war’s wohl.“

Seine Gedanken wanderten zu Gabi. Würde sie ihn vermissen? Wahrscheinlich nicht. Vielleicht würde sie sogar erleichtert sein, wenn die Nachricht kam, dass er verschüttet wurde. Und doch, irgendwo tief in seinem Inneren, spürte er eine seltsame Art von Frieden. Vielleicht war es das, was er gebraucht hatte – einen endgültigen Abschluss.

Aber dann hörte er etwas. Eine Stimme, leise, aber eindeutig. „Willi! Willi, bist du da?“

War es Manni? Oder war es nur sein Kopf, der ihm einen Streich spielte? Willi öffnete den Mund, um zu antworten, aber seine Stimme versagte. Der Kohlenstaub hatte ihm die Kehle zugeschnürt.

Das Grollen begann wieder, diesmal tiefer, dunkler. Der Berg war noch nicht fertig mit ihm.

Willi lag regungslos in der Dunkelheit. Der Schmerz in seinen Beinen war unerträglich, als würde der Berg ihn mit eiserner Faust festhalten. Er wollte schreien, wollte die Welt verfluchen, doch der Kohlenstaub hatte seine Stimme verschluckt. Jeder Atemzug fühlte sich an, als würde er feinen Sand inhalieren.

Die Stimme, die ihn gerufen hatte, war verstummt. War es Manni gewesen? Vielleicht. Oder vielleicht auch nur eine verdammte Halluzination, das letzte Aufbäumen eines müden Hirns, das wusste, dass es bald aus war.

Er versuchte, sich zu bewegen, aber der Druck auf seiner Brust und seinen Beinen hielt ihn fest. „Scheiß Leben", flüsterte er, kaum hörbar. „Du hattest nie 'n Funken Gnade für mich."

In der Stille kamen die Erinnerungen. Sie stiegen aus der Dunkelheit wie Geister, die er jahrelang verdrängt hatte.

Er sah Gabi, wie sie früher war – jung, voller Lachen, mit diesen wilden Locken, die sie nie bändigen konnte. Er erinnerte sich an die Zeit, als sie sich nach der Schicht im „Kumpel Eck" getroffen hatten, an den ersten Tanz, bei dem sie ihm auf die

Füße trat, und an den ersten Kuss, der nach Bier und Zigaretten geschmeckt hatte.

„Gabi", flüsterte er. Es war kein Vorwurf, keine Wut, nur ein leises Echo einer Zeit, die längst vergangen war. Sie hatten Träume gehabt, beide. Aber die Kohle, der Alltag und die verdammte Realität hatten alles zermahlen. Was blieb, war nur noch eine zerrüttete Hülle von dem, was einmal Liebe gewesen war.

Er dachte an die Tage mit den Jungs im Schacht, die Kneipenabende, die schallenden Lacher, die immer dann kamen, wenn sie wussten, dass sie morgen wieder in die Hölle mussten. Manni mit seinen blöden Sprüchen, die sie alle zum Lachen brachten, auch wenn sie nach zehn Stunden harter Maloche kaum die Kraft hatten, die Bierkrüge zu heben.

„Manni", murmelte Willi. Lebte er noch? War er auch verschüttet? Der Gedanke machte ihn fertig. Er hätte nie zugegeben, wie sehr ihm der Kerl am Herzen lag, wie viel diese blöden Sprüche für ihn bedeuteten. Aber jetzt, in der Dunkelheit, schien es ihm klar: Ohne Manni und die Jungs wäre das Leben schon vor Jahren unerträglich geworden.

Plötzlich hörte er es wieder – Stimmen. Diesmal war es kein Hirngespinst. Es klang gedämpft, als kämen sie von weit oben. Ein Kratzen, ein Klopfen, und dann ein schwaches Licht, das durch einen winzigen Spalt drang.

„Hilfe!" wollte er schreien, doch sein Hals brannte. Ein schwaches Krächzen kam heraus, mehr nicht. Panik packte ihn. Er musste sie auf sich aufmerksam machen. Irgendwie.

Mit letzter Kraft tastete er nach einem Stein, der neben ihm lag. Seine Finger zitterten, aber er schaffte es, ihn zu greifen. Mit einem Ruck hieb er ihn gegen die Wand über sich. Einmal, zweimal, dreimal. Das Klopfen hallte dumpf durch die Enge.

Die Stimmen wurden lauter. „Da unten ist jemand!" rief eine, klar und deutlich. Willi wollte weinen vor Erleichterung, aber die Tränen kamen nicht. Er war zu erschöpft, zu leer.

Die Rettung dauerte Stunden. Willi war halb bewusstlos, als die Retter endlich zu ihm durchdrangen. Sie riefen seinen Namen, schoben sich durch den Schutt, bis sie ihn fanden. Ein alter Kumpel namens Klaus beugte sich über ihn, sein Gesicht schwarz vor Kohle, die Augen voller Sorge.

„Willi, hörst du mich?"

Er nickte schwach. Mehr war nicht möglich. Sie zogen ihn vorsichtig aus den Trümmern, Stück für Stück, bis er endlich frei war. Jeder Atemzug fühlte sich an wie Feuer, aber er war draußen. Am Leben.

Doch dann sah er sich um. Manni war nicht bei den Rettern. Keiner der Jungs, mit denen er die Schicht begonnen hatte, war da. Sein Herz zog sich zusammen. „Manni?" brachte er heiser hervor.

Klaus schüttelte den Kopf. „Wir suchen noch. Aber es sieht nicht gut aus."

Willi schloss die Augen. Der Schmerz in seiner Brust war schlimmer als alles, was er je gefühlt hatte. Nicht wegen der Kohle, nicht wegen der verschissenen Ehe, sondern wegen Manni. Sein bester Kumpel, der Mann, der ihn immer zum Lachen gebracht hatte. Verschüttet. Vielleicht tot.

Später lag Willi in einem Krankenbett, angeschlossen an Maschinen, die monoton piepten. Gabi saß stumm neben ihm, ihre Hand auf seiner. Sie sah aus, als hätte sie drei Tage durchgeweint, aber sie sagte nichts. Auch Willi schwieg. Was sollte er sagen? Dass es ihm leidtat? Dass er wusste, wie kaputt alles war?

„Wir müssen reden", sagte sie schließlich, leise, fast schüchtern.

Er nickte. Aber nicht jetzt. Nicht heute. Heute war der Tag, an dem der Berg ihn fast geholt hatte, der Tag, an dem er alles verloren hatte – und doch irgendwie noch da war.

Ob er je wieder in den Schacht zurückkehren würde, wusste er nicht. Ob er und Gabi es schaffen würden, alles zu reparieren, war ungewiss. Aber eines war klar: Der Berg war noch da, lauerte, wie er immer lauerte, bereit, jeden zu holen, der es wagte, ihm zu trotzen.

Und Willi? Willi wusste, dass er irgendwann zurückkehren musste. Der Berg ließ niemanden wirklich frei.

6. Ein Kochlöffel voll Koks

Steve lehnte am Küchentisch und starrte auf den dampfenden Berg Pasta, der wie eine träge Wolke auf dem Teller vor ihm lag. Sein Rücken schmerzte, die Füße fühlten sich an, als hätte er den ganzen Tag auf Nägeln gestanden, und der Gestank von angebranntem Öl hing in seinen Haaren wie ein Fluch. Er war seit fünfzehn Stunden auf den Beinen. Die Schicht hatte um elf angefangen, jetzt war es nach Mitternacht. Und trotzdem war er hier, zwischen fettigen Pfannen und Kollegen, die ihm auf die Nerven gingen.

„Steve, du lahme Sau, das geht schneller!" Ralf, der Souschef, donnerte seinen massigen Körper in

Steves Richtung. Er war vielleicht fünf Jahre älter, aber in dieser Küche bedeuteten fünf Jahre mehr Erfahrung ungefähr so viel wie ein gottverdammener Adelstitel. Ralf war der König hier, der Großmeister des Schikanierens. „Wenn der Gast wartet, hast du verloren, kapiert? Zieh die Scheiße durch oder verpiss dich."

Steve nickte knapp, aber in seinem Kopf schrie er. Zieh die Scheiße durch oder verpiss dich. Ja, das war der Tenor. Keine Luft zum Atmen, keine Zeit zum Nachdenken, nur Hackordnung und Funktionieren. Und wehe, du fällst aus der Reihe.

„Ey, Steve, wenn du noch langsamer wirst, kann ich die Pasta direkt einfrieren und für nächste Woche vorbereiten." Das war Sabine, die Chef de Partie. Ihr Grinsen war breit und gemein, und ihre Augen glitzerten vor Schadenfreude. Sie liebte es, Steve zu piesacken, wahrscheinlich weil sie selbst unter Ralf stand und irgendwohin treten musste.

Er sagte nichts, packte den Teller, richtete an, drückte ihn dem Service in die Hand. Fertig. Auf zu Tisch fünf. Der nächste Gast, die nächste Beschwerde, die nächste Runde dieser Hölle. Steve hatte mal gedacht, das Leben eines Kochs sei glamourös. Vielleicht lag es an den ganzen Kochshows, die er als Teenager geschaut hatte. Jetzt wusste er es besser.

In der Küche ging es nicht nur ums Kochen. Es ging ums Überleben. Jeder hatte hier seine eigene Methode, sich über Wasser zu halten. Ralf regierte mit Terror. Sabine flirtete sich durch die Schichten, immer einen dummen Spruch auf den Lippen und ein schiefes Lächeln für den Restaurantleiter, der regelmäßig durch die Küche stolzierte, als wäre er der Gott der Speisen. Und Steve? Steve hielt einfach den Kopf unten. Das war seine Strategie. Nicht auffallen, nicht zurückschlagen, einfach durchhalten.

Doch die Tage waren lang, und die Nächte waren länger. Nach einer Doppelschicht, die sich angefühlt hatte, als würde er durch ein Minenfeld aus brennendem Fett und zerbrochenen Eierschalen stolpern, blieb Steve in der Umkleide hängen. Die anderen waren längst weg, und er saß allein auf der harten Bank, die Schweißflecken auf seiner Kochjacke starrten ihn an wie Vorwürfe.

„Warum machst du das eigentlich noch?" Die Stimme kam von hinter ihm. Jana, die jüngste Azubine, hatte sich in den Türrahmen gelehnt. Sie war gerade erst 19, mit großen, hoffnungsvollen Augen, die in dieser Küche schnell stumpf werden würden. Steve hatte schon ein paar Mal erlebt, wie sie zusammengefaltet wurde, meistens von Sabine.

„Keine Ahnung“, murmelte Steve und zog an seiner Zigarette. „Weil ich nix Besseres kann.“

Jana lachte trocken. „Das sagen hier alle. Und dann sind sie zehn Jahre später immer noch hier, mit ’nem Bandscheibenvorfall und kaputten Knien.“

Er zuckte die Schultern. „Vielleicht ist das mein Plan.“

„Scheiß Plan.“ Jana grinste, aber in ihrem Blick lag etwas, das Steve nicht ganz zuordnen konnte. Mitleid vielleicht. Oder Hoffnung, dass er ihr das Gegenteil beweisen würde.

Das Wochenende brachte immer den schlimmsten Stress. Hochzeiten, Firmenfeiern, reiche Schnösel, die glaubten, dass ihr Steak mit Gold bestäubt werden musste, um wirklich gut zu sein. Steve hasste es. Die Küche war ein Hexenkessel, ein chaotisches Schlachtfeld, auf dem jeder gegen jeden kämpfte, während die Zeit ihnen wie ein Messer im Nacken saß.

„Steve, wo bleibt die verdammte Sauce?!“ Ralf war auf dem Kriegspfad, sein Gesicht leuchtete rot wie eine überreife Tomate. „Wenn du noch länger brauchst, bring ich dir das Ding an den Tisch und lass dich direkt füttern!“

„Ist gleich fertig!“ Steve biss die Zähne zusammen, rührte die Sauce durch, schmeckte ab.

Perfekt. Natürlich perfekt. Aber das spielte keine Rolle. Perfekt reichte hier nie.

Sabine stand am Pass und tippte mit den Fingern gegen die Edelstahlplatte. „Ey, Steve, mach hinne. Die Gäste zahlen für ihr Essen, nicht für deine scheiß künstlerischen Ambitionen."

„Halt die Klappe, Sabine", knurrte er und schob den Topf zur Seite. „Du bist hier nicht der Boss."

Das Lächeln, das sie ihm zuwarf, war wie ein Messer. „Vielleicht nicht. Aber ich bin immer noch über dir."

Nach der Schicht zog Steve sich zurück in die Bar um die Ecke. Er brauchte einen Drink, etwas Starkes, um die Stimmen in seinem Kopf zu übertönen. Sabine. Ralf. Der Restaurantleiter. Jana. Es war, als hätten sie alle einen Platz in seinem Schädel gemietet und weigerten sich, auszuziehen.

„Zwei Whisky, doppelt", sagte er zum Barkeeper, der ihn nur stumm ansah und nickte. Er war hier Stammgast. Kein Grund für Smalltalk.

Später, als er zurück in seiner Wohnung war, saß er im Dunkeln und starrte auf die leere Wand vor sich. Es gab nichts. Keine Bilder, keine Dekoration, nichts, was darauf hindeutete, dass hier ein Mensch lebte, der sich für irgendwas interessierte. Das einzige, was den Raum wirklich ausfüllte, war die Stille. Und selbst die war irgendwie feindselig.

Die Spannung in der Küche erreichte ihren Höhepunkt, als Sabine und Steve aneinandergerieten. Es war ein Montag, einer dieser Tage, an denen alles schieflief. Der Fisch kam zu spät, der Ofen fiel aus, und die Gäste beschwerten sich über jede Kleinigkeit.

„Steve, was zum Teufel soll das?" Sabine schob einen Teller zurück. „Das ist nicht medium. Das ist Schuhsohle."

„Vielleicht solltest du es selbst machen, wenn du's besser kannst", zischte Steve und trat einen Schritt auf sie zu. Er hatte genug. Von ihr, von Ralf, von allem.

Sabine starrte ihn an, dann schnaubte sie. „Du bist echt 'ne arme Sau, weißt du das?"

Steve wollte etwas erwidern, aber er hielt inne. Sie hatte recht. Natürlich hatte sie recht. Aber das machte es nicht besser.

Steve hatte mal gelesen, dass die besten Küchen wie gut geölte Maschinen funktionieren. Der Typ, der das gesagt hatte, war entweder ein Lügner oder ein verdammter Romantiker. In der Küche des Hotels „Ruhrperle" war nichts geölt, höchstens die Pfannen, und auch das nur, wenn jemand dran dachte. Hier war alles Rohheit und Chaos. Ein Kriegsschauplatz, auf dem jeder gegen jeden kämpfte, und das Essen war nur die Munition.

„Steve! Das Steak!" Ralf brüllte durch die dampfgeschwängerte Luft, seine Stimme eine Mischung aus Nikotin, Wut und zu viel schwarzem Kaffee. „Wenn das Ding noch mal so aussieht, schmeiß ich dich höchstpersönlich in den Müll, klar?"

„Ja, Chef." Steve biss die Worte heraus, während er das Stück Fleisch erneut in die Pfanne warf. Es war perfekt gewesen, aber das spielte hier keine Rolle. Es ging nicht ums Essen. Es ging darum, wer das größte Maul hatte.

Sabine stand am Pass, ihr Gesicht rot vor Anstrengung. „Ey, Steve, dein Hirn ist heute wohl auch medium-rare, was? Mach mal hinne, sonst kannst du gleich die Teller draußen verteilen."

„Halt die Klappe, Sabine." Steve war nahe dran, die Pfanne nach ihr zu werfen, entschied sich aber dagegen. Zu viel Aufräumarbeit.

Die Hitze war unerträglich, die Luft schwer wie Blei. In einer Ecke heulte ein Azubi leise, während er einen Berg Kartoffeln schälte, der nie kleiner zu werden schien. Steve erinnerte sich an seine eigene Ausbildung – dieselbe Scheiße, dieselben Schreie, dieselben Tränen. Aber damals hatte er noch geglaubt, dass es besser wird. Jetzt wusste er es besser.

Es war ein Dienstag, als alles explodierte. Der Tag hatte harmlos begonnen – ein paar Frühstücksgäste, die ihre Eier zu hart oder zu weich fanden, ein Lieferant, der zu spät kam, Standard. Doch dann kam der Anruf. Eine Hochzeitsgesellschaft hatte ihre Reservierung für den Abend spontan verdoppelt. Zwanzig neue Gäste, die ein Fünf-Gänge-Menü wollten. Und das in einer Küche, die sowieso schon am Limit war.

„Das schaffen wir nie“, murmelte Jana, die Azubine, während sie hektisch Gemüse schnitt.

„Natürlich schaffen wir das“, knurrte Ralf. „Weil wir's schaffen müssen. Oder willst du den Gästen erklären, dass wir unfähig sind?“

Die Schicht war ein Albtraum. Steve hatte das Gefühl, dass jede Bewegung ihn näher an den Abgrund brachte. Teller flogen durch die Küche, Schreie hallten von den Wänden wider, und der Geruch von verbranntem Fett mischte sich mit dem beißenden Gestank von Angstschweiß.

Sabine war besonders schlimm an diesem Abend. Sie schien es sich zur Aufgabe gemacht zu haben, Steve bei jeder Gelegenheit zu demütigen.

„Das ist kein Risotto, das ist Kleister, du Idiot! Mach's neu!“ Sie knallte den Teller auf den Pass, und der Inhalt spritzte über den Rand.

„Mach's selbst, wenn du so schlau bist!" Steve warf ihr einen Blick zu, der töten könnte.

Das hätte er nicht tun sollen.

Ralf war sofort da, seine Faust krachte auf die Arbeitsfläche, und seine Stimme wurde noch lauter – wenn das überhaupt möglich war. „Hört auf mit der Scheiße! Wenn ihr hier eure pubertären Dramen ausleben wollt, könnt ihr euch verziehen! Ich will Resultate, keine Kindergartenkacke!"

Die nächsten Stunden verbrachte Steve schweigend, seine Gedanken kreisten um Flucht. Er musste hier raus, bevor er explodierte. Aber wohin? Zurück nach Hause? Wo sollte das sein? Dieses Leben war alles, was er kannte.

Nach Feierabend zog es Steve wie ein Magnet zur Stahlstraße in Essen. Der Puff war eine Zuflucht, ein Ort, an dem niemand etwas von ihm erwartete, außer dem Geld in seiner Tasche. Hier war er nicht der Koch, der ständig versagte, nicht der Verlierer, der sich durchs Leben quälte. Hier war er einfach nur Steve.

Der Club war stickig, das Licht schummrig. Eine alte Eurodance-Nummer dröhnte aus den Lautsprechern, während die Frauen an der Bar lehnten und auf Kundschaft warteten. Steve ließ sich auf einen Hocker fallen und bestellte einen Whisky. Der Barkeeper nickte ihm zu. Sie kannten sich, aber sie sprachen nie. Worte waren hier überflüssig.

„Na, Steve. Wieder allein?" Nadja, eine schlanke Frau mit langen Beinen und einem Lächeln, das nie die Augen erreichte, setzte sich neben ihn. Sie trug ein knappes Kleid, das ihre Kurven betonte, und sie roch nach einer Mischung aus billigem Parfum und Zigarettenrauch.

„Wie immer." Steve hob sein Glas und trank in einem Zug.

Später, als er mit Nadja in einem der schäbigen Zimmer war, fühlte er sich wie immer. Leer. Die Nähe war eine Illusion, ein kurzer Moment, der ihm vorgaukelte, dass er nicht völlig allein war. Aber sobald er wieder auf der Straße stand, war das Gefühl verschwunden, als hätte es nie existiert.

Am nächsten Tag in der Küche war Steve ein Wrack. Die Schichten hatten ihn zermürbt, die Nächte hatten ihn leer zurückgelassen. Er konnte nicht mehr. Nicht hier, nicht so.

Als Sabine ihn wieder anmachte – irgendwas wegen einer schlecht geschnittenen Karotte –, brach er zusammen.

„Weißt du was, Sabine? Halt's Maul. Halt einfach dein Maul."

Die Küche verstummte. Alle Augen waren auf ihn gerichtet. Sabine sah ihn an, erst schockiert, dann wütend.

„Was hast du gesagt?"

„Ich hab gesagt, halt's Maul. Ich hab die Schnauze voll von dir, von Ralf, von diesem ganzen verdammten Laden!"

Es war ein Befreiungsschlag, aber es fühlte sich nicht gut an. Als er die Küche verließ, wusste er, dass er nicht zurückkehren würde.

Steve fand einen Job in einem Callcenter. Es war nicht glamourös, aber es war besser als die Hölle der Küche. Dachte er zumindest. Doch schnell merkte er, dass auch hier nur ein anderes Schlachtfeld wartete.

Das Callcenter war wie eine Arena. Jeder war sein eigener Gladiator, kämpfte mit den Waffen, die ihm zur Verfügung standen – Charme, Dreistigkeit, und manchmal pure Skrupellosigkeit. Die Zielscheiben waren immer dieselben: ältere Menschen. Die Kampagne war gezielt darauf ausgelegt, einsame Rentner zu überrumpeln, die sich oft schon für das „Guten Tag" am Telefon bedankten, weil es das einzige war, was sie den ganzen Tag hörten.

„Sie sind ein Glückspilz, Frau Weber", las Steve von seinem Skript, während er sich in seinem Stuhl zurücklehnte. „Unsere exklusiven Kunstbände über deutsche Burgen und Schlösser sind nur in begrenzter Stückzahl erhältlich. Und wissen Sie was? Ich habe mir erlaubt, eines dieser Exemplare für Sie zu reservieren."

Am anderen Ende der Leitung hörte er eine zittrige Stimme: „Oh, das klingt aber schön... Ich interessiere mich wirklich für Burgen."

Steve spürte, wie ihm ein Kloß im Hals wuchs. Die Bücher waren Müll – veraltete Drucke, die niemand haben wollte, geschweige denn für 500 Euro. Aber das Skript ließ keinen Platz für Zweifel.

„Das dachte ich mir", setzte er an. „Ich lasse unseren Experten kommen, der Ihnen alles genau erklärt. Wann passt es Ihnen am besten?"

„Ach... vielleicht nächste Woche?"

Steve notierte die Adresse. Als er auflegte, sah er Martin, der ihn mit einem breiten Grinsen anstarrte.

„Nicht schlecht, Steve. Du wirst noch ein richtiger Profi."

Profi? Steve fühlte sich wie ein Dieb. Aber das Geschäft funktionierte, und Steve wusste, dass er tief drinsteckte.

Das Koks kam immer häufiger ins Spiel. Die Kollegen nannten es „Turbo", und Martin war der Lieferant. In den Pausen zog er sich mit ein paar Leuten ins Treppenhaus zurück. Steve hatte sich zuerst ferngehalten, aber irgendwann zog es ihn an wie ein Magnet. Die Nächte wurden länger, die Anforderungen härter, und das weiße Pulver versprach die Lösung.

„Ein kleiner Strich, und du schaffst drei Stunden wie im Rausch", sagte Martin und hielt Steve einen eingerollten Zwanziger hin. „Willkommen im Club."

Steve zögerte. Aber dann dachte er an die endlosen Telefonate, die schlaflosen Nächte, die Zielvorgaben, die er nie erreichte. Er zog die Linie hoch, fühlte den bitteren Geschmack in seinem Rachen, und dann den Kick. Es war, als würde ihm jemand die Welt zurückgeben. Plötzlich war er der König der Telefonverkäufer.

„Ich hab dir doch gesagt, das ist gut", sagte Martin und klopfte ihm auf die Schulter. „Du wirst das lieben."

Steve hasste es. Aber er brauchte es.

Mit dem Koks kam auch die Dreistigkeit. Steve wurde aggressiver am Telefon, drängte die Kunden, spielte mit ihren Gefühlen. Es war, als würde das Pulver ihm eine Maske aufsetzen, hinter der er seine Skrupel verstecken konnte.

„Frau Lehmann, ich verstehe, dass das ein großer Schritt ist", sagte er zu einer älteren Dame, die zögerte. „Aber denken Sie an Ihre Enkel. Möchten

Sie nicht, dass sie eines Tages sagen können, dass ihre Großmutter sich für Kultur und Bildung eingesetzt hat?"

Am anderen Ende der Leitung war ein leises Seufzen zu hören. „Ja... vielleicht haben Sie recht."

Steve schloss die Augen. Er hasste sich dafür, aber er notierte die Adresse. Wieder ein Opfer mehr.

Die Pausen im Callcenter wurden intensiver. Martin hatte immer mehr Kunden für sein Koks, und die Gespräche drehten sich nur noch um Zahlen: Wie viele Zusagen hast du heute? Wie viel Provision hast du gemacht? Wer war der größte Idiot, den du übers Ohr hauen konntest?

„Steve, was ist dein Rekord?", fragte Tanja eines Tages, als sie zusammen rauchten. Ihre Augen waren glasig, ihre Hände zitterten. Auch sie war längst auf dem Zeug. „Ich hatte mal einen Typen, der dachte, er kriegt die Bücher umsonst. Hab ihn trotzdem rumgekriegt."

„Weiß nicht", murmelte Steve. „Hab aufgehört zu zählen."

Tanja lachte, ein hohles, bitteres Geräusch. „Klar, Bruder. Wir zählen doch alle."

Die Wochen verliefen wie in einem Albtraum, aus dem Steve nicht mehr erwachen konnte. Das Callcenter war längst nicht mehr nur ein Arbeitsplatz, sondern ein Sumpf, der ihn immer tiefer zog. Der weiße Staub, die zynischen Gespräche in den Pausen, die ständigen Lügen am Telefon – es fraß an ihm, aber er konnte nicht aufhören. Nicht wegen der Miete, nicht wegen der Schulden, nicht wegen dem Koks.

„Steve, was geht bei dir?" Martin ließ sich eines Tages auf Steves Tisch fallen, grinsend wie immer, aber mit einem kalten Funkeln in den Augen. „Du ziehst ganz schön ab in letzter Zeit. Respekt."

Steve zuckte mit den Schultern. „Muss laufen, oder?"

„Muss laufen." Martin nickte anerkennend und zog ein kleines Plastiktütchen aus seiner Tasche. „Und weißt du, warum's bei dir läuft? Wegen dem Zeug hier. Macht dich scharf, macht dich gut. Ich hab immer Nachschub, wenn du was brauchst."

„Ich... ich hab genug." Steve konnte nicht mehr in Martin' Augen sehen. Er wusste, dass er längst über die Grenze war, dass das hier nicht mehr nur ein harmloser Nebenjob war. Aber was blieb ihm übrig?

Martin klopfte ihm auf die Schulter. „Guter Mann. Du machst uns alle stolz."

Stolz. Steve hätte beinahe gelacht, aber es blieb ihm im Hals stecken.

Die Zielvorgaben im Callcenter wurden härter, die Listen aggressiver. Es ging nicht mehr nur darum, alte Leute zu überreden, ein paar Bücher anzusehen. Jetzt wurden sie regelrecht bombardiert. Drei Anrufe am Tag, wenn nötig. Und wehe, sie sagten ab.

„Steve, ich brauch mehr von dir", sagte der Abteilungsleiter in einem der wöchentlichen Meetings. Der Typ war ein aalglatter Anzugträger, der nie auch nur einen Kunden selbst angerufen hatte. „Du hast diese Woche nur acht Zusagen. Martin hatte zwanzig. Du willst doch nicht, dass ich dich auf die Probe stelle, oder?"

„Ich mach, was ich kann." Steve wusste, dass das nicht reichte.

„Ja, ja, das sagen alle. Aber am Ende zählt nur die Quote. Und deine Quote ist scheiße."

Das war das Stichwort. Steve warf sich eine weitere Linie Koks ein, als er in die nächste Schicht ging. Die Kunden konnten nicht auflegen, wenn er einmal in Fahrt war. Er redete schneller, schärfer, ließ ihnen keine Zeit zum Nachdenken.

„Herr Schneider, glauben Sie mir, das ist eine einmalige Gelegenheit. Wenn Sie heute nicht zusagen, ist das Angebot weg."

„Ich... ich weiß nicht..."

„Natürlich wissen Sie es! Sie wissen, dass Sie sich das nicht entgehen lassen können. Ich komme Ihnen sogar entgegen: Ich schicke unseren Experten vorbei, und wenn Sie dann nicht überzeugt sind, können Sie immer noch Nein sagen. Aber das werden Sie nicht."

Am Ende sagte Schneider zu. Wie immer.

Nachts konnte Steve nicht schlafen. Die Stimmen der alten Leute, die er am Telefon manipuliert hatte, hallten in seinem Kopf wider. Es waren nicht nur Stimmen – es waren Geschichten. Menschen, die von ihrem verstorbenen Ehepartner erzählten, von ihren Enkelkindern, von den kleinen Freuden ihres Lebens. Menschen, die niemanden hatten, außer einem Telefonverkäufer, der sie ausnutzte.

„Warum machst du das eigentlich noch?" fragte Tanja eines Abends in der Pause. Sie wirkte genauso erschöpft wie er, ihr Gesicht fahl, die Augen eingefallen.

„Keine Ahnung." Steve zündete sich eine Zigarette an. „Weil ich nix anderes kann."

„Scheiß Grund." Sie zog an ihrer Zigarette und sah ihn an. „Du weißt, dass die uns alle irgendwann fallen lassen, oder? Sobald wir nicht mehr liefern, sind wir weg."

Steve nickte. Er wusste es. Aber er wusste auch, dass er nicht aufhören konnte.

Der Druck wuchs weiter. Martin verteilte das Koks großzügiger, die Zielvorgaben wurden noch unrealistischer, und Steve fühlte, wie sein Leben langsam außer Kontrolle geriet. Sein Apartment war ein Chaos, seine Rechnungen häuften sich, und der weiße Staub war überall. Er fand Spuren davon auf dem Küchentisch, auf seinem Schreibtisch, sogar auf dem Bildschirm seines Fernsehers.

„Steve, du bist ein Wrack", sagte Tanja eines Morgens, als sie zusammen den Tag starteten. „Du siehst aus, als wärst du aus der Gosse gezogen worden."

„Schön, dass du's sagst." Steve versuchte zu grinsen, aber es kam ihm nur wie eine Grimasse vor.

„Warum hörst du nicht auf?" fragte sie. „Du bist besser als das."

„Bin ich das?" Er sah sie an, und in diesem Moment wusste er, dass die Antwort nein war. Er war nicht besser. Er war Teil dieses Systems, und es würde ihn zerstören, bevor er es je verlassen konnte.

Steve saß in seinem verdunkelten Apartment und starrte auf die leere Bierdose in seiner Hand. Der Fernseher lief im Hintergrund, irgendeine belanglose Talkshow, die er nicht wirklich hörte. Der Raum war ein einziges Chaos – schmutzige Teller stapelten sich in der Spüle, alte Pizza-Kartons lagen in der Ecke, und der muffige Geruch von abgestandener Luft hing wie eine Wolke über allem. Es war spät, oder früh, das wusste Steve nicht mehr so genau. Die Tage verschwammen ineinander, und er war nur noch ein Schatten seiner selbst.

„Was machst du hier eigentlich?" fragte er sich laut und schmiss die leere Bierdose auf den Boden, wo sie mit einem dumpfen Scheppern landete. Die Frage war nicht neu, aber sie wurde lauter. Jeden Abend. Jede Nacht. Sie hatte sich in seinen Kopf eingenistet wie eine Kakerlake, die nicht sterben wollte.

Er griff nach dem kleinen Tütchen, das auf dem Couchtisch lag, zog eine Linie auf einer zerknitterten Rechnung und schnupfte sie durch einen eingerollten Fünfziger hoch. Das Brennen in der Nase war ihm vertraut, fast beruhigend. Aber der Kick, den er am Anfang gespürt hatte, blieb aus. Es war nur noch ein stumpfes Gefühl, ein kurzer Moment der Leere, bevor die Stimmen wieder zurückkamen.

Seine Gedanken drehten sich um die alten Leute, die er am Telefon belogen hatte. Die einsamen Stimmen, die ihm von ihren verstorbenen Ehepartnern erzählten, von Enkelkindern, die sie nie besuchten. Er hörte ihre gebrochenen „Ja, ich nehme die Bücher"-Antworten, die mit mehr Verzweiflung als Überzeugung kamen. Er stellte sich ihre Gesichter vor, als die Vertreter kamen und ihnen Verträge vorlegten, die sie nicht verstanden.

„Du bist ein verdammtes Arschloch, Steve“, flüsterte er zu sich selbst. „Ein verfluchtes Stück Scheiße.“

Aber war er das wirklich? War er schlimmer als die anderen? Martin, der das Koks verteilte und ohne mit der Wimper zu zucken seine Kollegen genauso verarschte wie die Kunden? Tanja, die lachte, wenn sie jemandem 500 Euro für einen Wälzer abnahm, den niemand brauchte? Die Manager, die sie antrieben wie Hunde in einem verdammten Zwinger? Vielleicht waren sie alle gleich. Vielleicht waren sie alle nur Zahnräder in einer Maschine, die immer weiterlief, egal, wer darunter zerquetscht wurde.

Steve konnte nicht schlafen. Er lag auf der Couch, das kleine Tütchen neben sich, und starrte die Decke an. Seine Gedanken kreisten wie ein Schwarm Geier, die nur darauf warteten, dass er endgültig zusammenbrach. Er dachte an seine Eltern, die er seit Jahren nicht gesehen hatte, weil sie ihn für einen Versager hielten. Er dachte an die Frauen, die ihn verlassen hatten, weil er nichts zu bieten hatte außer leeren Versprechungen. Er dachte an die Küche, an Ralf, an Sabine, an die brüllenden Stimmen, die ihn aus der Gastronomie vertrieben hatten.

Er dachte an das Callcenter, an die endlosen Telefonate, an die Zielvorgaben, die er nie erreichte, ohne sich vorher eine Linie reinzuziehen. Und er dachte an Martin, der ihm dieses Zeug verkauft hatte, als wäre es die Lösung für all seine Probleme.

„Es ist nicht das Koks", sagte Steve zu sich selbst. „Es ist nicht das Callcenter. Es bin ich."

Die Erkenntnis traf ihn wie ein Schlag. Es war nicht die Welt, die gegen ihn war. Es war er selbst. Er hatte all das zugelassen, hatte sich treiben lassen, hatte jede Entscheidung selbst getroffen. Aber jetzt war es zu spät. Zu spät, um etwas zu ändern. Zu spät, um rauszukommen.

Er zog die letzte Linie des Abends und ließ sich zurück auf die Couch fallen, die Augen geschlossen. Vielleicht, dachte er, wäre es besser, einfach nicht mehr aufzuwachen.

Der nächste Tag begann wie jeder andere. Steve schleppte sich ins Callcenter, die Augen blutunterlaufen, der Kopf schwer. Die Kollegen wirkten genauso müde wie er, und die Gespräche in der Pause drehten sich um dieselben Themen wie immer: Zielvorgaben, Provisionen, Martin' neueste Lieferung.

„Du siehst scheiße aus, Steve", sagte Tanja, als sie ihm eine Zigarette anbot. „Wird Zeit, dass du mal Urlaub machst."

„Urlaub? Wovon?" Steve nahm die Zigarette, zog tief und ließ den Rauch langsam aus seinen Lungen entweichen. „Von meinem beschissenen Leben?"

Tanja lachte, aber es klang hohl. „Willkommen im Club."

Die erste Stunde der Schicht verlief normal. Steve telefonierte mit einer älteren Frau, die von ihrem Kater erzählte, bevor sie schließlich zustimmte, den Vertreter zu empfangen. Er trug die Adresse ein, legte auf und griff nach dem nächsten Namen auf seiner Liste.

Dann passierte es.

Die Tür zum Callcenter wurde aufgerissen, und plötzlich waren überall Polizisten. Schwer bewaffnet, brüllend, mit grimmigen Gesichtern. „Alle auf den Boden! Niemand bewegt sich!"

Steve erstarrte. Sein erster Gedanke war: Martin. Sein zweiter Gedanke war: Scheiße. Sein Kopf arbeitete fieberhaft, während er sich langsam von seinem Platz erhob. Aber es war zu spät. Zwei Beamte waren bei ihm, rissen ihn von seinem Stuhl und drückten ihn auf den Boden.

„Hände hinter den Kopf!"

Steve gehorchte, spürte das kalte Metall der Handschellen um seine Handgelenke. Er sah, wie die Polizisten die Arbeitsplätze durchsuchten, die Spinde aufbrachen, überall kleine Plastiktütchen fanden. Sein Herz raste. Er wusste, dass sie zu seinem Spind gehen würden. Und er wusste, was sie finden würden.

„Was haben wir denn hier?" Ein Polizist hielt das Tütchen hoch, das Steve dort versteckt hatte. „Interessant."

„Das... das ist nicht meins", stammelte Steve, aber seine Stimme klang schwach und hohl. Niemand hörte zu.

Als sie ihn aus dem Gebäude führten, sah er die Gesichter seiner Kollegen. Tanja sah aus, als würde sie gleich weinen. Martin war bereits abgeführt worden, sein Gesicht ausdruckslos. Die anderen starrten Steve nur an, schweigend, mit einer Mischung aus Angst und Erleichterung. Er wusste, was sie dachten: Besser er als wir.

Steve stand vor der massiven grauen Fassade der JVA Essen. Zwei Jahre ohne Bewährung. Das Urteil hatte er kaum gehört, es war wie ein Hintergrundrauschen gewesen. Die letzten Wochen in der U-Haft waren ein Nebel aus Langeweile, Selbsthass und dumpfer Resignation gewesen. Jetzt war er hier. Kein Zurück, kein Weg nach vorn. Nur Beton, Stahl und die Zeit, die sich vor ihm wie eine riesige, unüberwindbare Wand aufbaute.

„Beweg dich!" Ein Wärter, ein stämmiger Mann mit einem Gesicht wie ein Amboss, deutete auf die

Tür vor ihm. „Kleidung holen, dann ab in die Zelle."

Steve nickte und ging hinein. Der Raum roch nach Desinfektionsmittel, Schweiß und etwas Unbestimmtem, das ihm sofort Übelkeit bereitete. Die Kleiderkammer war nichts weiter als ein kahler Raum mit Regalen voller grauer Anstaltskleidung. Ein Wärter hinter einem Tresen musterte ihn kurz, bevor er eine Liste durchging.

„Name?"

„Steve... Steve Krämer."

Der Mann tippte etwas in seinen Computer und verschwand dann hinter einem der Regale. Als er zurückkam, legte er Steve einen Blaumann und graue mittelalterliche Unterwäsche, ein Paar abgetragene Turnschuhe, Teller, Tasse, Suppenschüssel, biegsames Alubesteck und und eine dünne Decke hin. „Das ist dein Zeug. Pass drauf auf. Wenn was fehlt, zahlst du's. So, und jetzt nackig ausziehen und die neuen Sachen anziehen. Deine Klamotten bleiben hier, bis du wieder raus darfst."

Steve nickte, griff nach den Sachen und hielt sie einen Moment in der Hand. Es fühlte sich an wie das endgültige Zeichen, dass er hier nicht nur zu Gast war. Das hier war sein Leben. Zumindest für die nächsten zwei Jahre.

Der Wärter, der ihn zu seiner Zelle brachte, war groß, breit und wirkte, als hätte er jede Hoffnung auf ein besseres Leben längst aufgegeben. Sein Schritt war schwer, seine Stimme rau.

„Zelle 234", murmelte er, ohne Steve anzusehen, als sie durch die langen, kargen Flure der JVA gingen. Ihre Schritte hallten auf dem kalten Boden wider, ein monotoner Klang, der Steves Nerven zerriss. Er hielt sein Bündel fest umklammert, als wäre es ein Schutzschild.

„Hör zu", begann der Wärter, während sie vor der Tür zu Steves neuer Zelle stehen blieben. „Hier drin gibt's Regeln. Du hältst den Mund, lässt dich von niemandem zu was überreden, und vielleicht kommst du heil wieder raus. Verstanden?"

Steve nickte. Er hatte nichts zu sagen. Es gab nichts, was er sagen konnte.

Der Wärter zog einen schweren Schlüsselbund hervor. Das Metall klirrte, der Klang war wie ein Hohn in der stillen, erstickenden Luft des Flurs. Er steckte den Schlüssel ins Schloss und drehte ihn mit einem langsamen, knarzenden Geräusch.

„Hier wohnst du jetzt die nächsten Jahre", sagte der Wärter trocken, öffnete die Tür und trat zur Seite.

Steve betrat die Zelle. Der Raum war klein, kaum größer als ein Abstellraum. Eine Pritsche, ein schmaler Tisch, ein kleines Regal, in der Ecke das Waschbecken und ein Scheißhaus ohne Brille und Deckel. Das Fenster war vergittert, das Licht grau und kalt. Es roch nach Schweiß, Angst und der Zeit, die andere Männer hier vor ihm verbracht hatten.

Er drehte sich nicht um, als die Zellentür hinter ihm zugeschoben wurde. Das dumpfe Klirren des Stahls und das Klicken des Schlosses, als der Schlüssel sich drehte, hallten durch den Raum wie ein endgültiger Abschied von allem, was er gekannt hatte.

Steve setzte sich auf die Pritsche, die graue Decke noch immer in der Hand. Er starrte auf die Wand vor sich, eine karge Fläche, die nichts zeigte, nichts bot, außer Leere. Seine Gedanken waren still, seine Gefühle betäubt. Nur ein einziger Gedanke blieb in seinem Kopf:

Das war's. Das ist mein Leben.

7. Epilog

Es ist traurig,
wenn man die freie Zeit nur noch nutzt,
um sich auszuruhen,
damit man die Arbeit am nächsten Tag schafft.

(Verfasser unbekannt)